MÉMOIRES
DE RAMSES LE GRAND

DU MÊME AUTEUR

La littérature égyptienne, Paris, Presses universitaires de France, 1982. (Coll. « Que sais-je ? », n° 1931.)

Textes sacrés et textes profanes de l'ancienne Égypte.

I. *Des Pharaons et des hommes*, Paris, Gallimard, 1984. (Coll. UNESCO — « Connaissance de l'Orient ».)

II. *Contes, mythes et poésie*, Paris, Gallimard, 1987. (Coll. UNESCO — « Connaissance de l'Orient ».)

Pharaons (Histoire de la civilisation pharaonique).

I. *Au royaume d'Égypte. Le temps des rois-dieux*. Paris, Fayard, 1991.

II. *Thèbes ou la naissance d'un Empire*. Paris, Fayard, 1986.

III. *L'Empire des Ramses*. Paris, Fayard, 1985.

L'art et la vie dans l'Égypte pharaonique. Peintures et sculptures, Paris, Fayard, 1992.

CLAIRE LALOUETTE

MÉMOIRES DE RAMSES LE GRAND

Éditions de Fallois
PARIS

22, rue La Boétie, 75008 Paris
ISBN 2-87706-184-1

PRÉFACE

La mémoire des rois, on la rencontre partout en Egypte : sculptée sur les hauts murs des temples ou ceux des tombeaux, sur les stèles et les colonnes, les statues, les objets — écrite aussi sur papyrus. Une grande geste, destinée à faire revivre, par la magie créatrice des images et des mots, les hauts faits de l'histoire des Pharaons, leurs vies et leurs préoccupations parfois : spectacle des batailles, vie familiale, conseils politiques donnés à leurs héritiers, service des dieux, plaisirs des temps de paix. Aucun de ces rois n'a rédigé de Mémoires, au sens moderne du terme ; la pierre, surtout, et le papyrus étaient le support des faits relatés et *choisis* de leur existence. Nous reconstituons l'histoire des règnes d'après ces témoignages, vaste « bibliothèque » éparse dans les terres d'Afrique et d'Asie, et qui constitue une invitation au voyage dans le temps comme dans l'espace.

J'ai voulu rédiger de façon suivie et véridique les Mémoires de Ramses le Grand, le plus puissant des Empereurs d'Orient au XIIIe siècle avant J.-C., tels qu'ils auraient pu être. Pour cela, je me suis attachée à la lettre des textes égyptiens, que j'ai traduits et qui, d'ailleurs, parsèment ce récit ; je me suis directement inspirée également des représentations en relief ou en ronde-bosse et des peintures. Ramses II eut le plus prestigieux et l'un des plus longs règnes de l'histoire d'Egypte ; né vers 1326 av. J.-C., accédant au trône impérial vers 1301, il conserva le pouvoir pendant soixante-sept ans jusqu'à sa mort, vers 1234 ; il régna dans un monde alors en plein renouveau, tant matériel que spirituel, et qui demeure la source profonde des civilisations classiques.

Bien que l'histoire vraie, prouvée, soit constamment présente, ce livre n'est pas un exposé didactique et exhaustif sur un règne, mais il veut être le reflet des pensées d'un Empereur parvenu en son grand âge et qui égrène les souvenirs de sa longue vie : les événements, les joies et les peines, les bonheurs et les difficultés — et en tire les leçons. Un livre de réflexions sur le pouvoir ; et parfois, soudainement, une expérience proche de la nôtre.

N.B. : J'utilise le style égyptien ; j'emploie très souvent, notamment, les expressions égyptiennes mêmes, les images, les métaphores usuelles dans la langue d'alors ; lorsqu'elles peuvent paraître obscures pour les lecteurs de ce livre, je les explique en notes. Mais, pour faciliter la compréhension plus rapide du texte, j'ai cru bon de conserver les toponymes actuellement en usage, comme Karnak, Louxor ou Sheikh abd el Gournah, par exemple. J'ai jugé utile également pour le lecteur de donner, dans les documents annexes, la signification — la traduction — des noms propres cités.

Je me souviens en mon grand âge...

Le soir est venu sur Thèbes ; le bruit des festivités rituelles s'est éteint. Je viens de célébrer mon onzième jubilé, qu'a diligemment organisé le vizir thébain Neferrenpet, maire de la ville du Sud. La fatigue maintenant pèse sur moi, vieillissant. Voilà soixante ans que je veille sur l'Egypte et maintiens son grand Empire ; j'ai atteint ma quatre-vingt-cinquième année. Les rites destinés à me redonner vigueur et force ne sont plus que des gestes rigoureux et sacrés mais dépourvus d'efficacité réelle, et qui ne peuvent désormais mettre fin vraiment à la lassitude qui envahit mon corps. Celui-ci répond plus difficilement aux sollicitations extérieures, aux besoins et aux désirs ressentis. La vieillesse est une lente destruction de l'être physique sur la terre, avant qu'il rejoigne les dieux ; le cœur ne pense plus[1] qui, autrefois, vivement, transmettait aux sens les sons et les images qu'il recevait ; maintenant les oreilles deviennent sourdes, les yeux sont malades ; la bouche silencieuse ne parle plus.

Mais la vieillesse est aussi le temps calme des souvenirs. Tandis que le soleil a commencé sous la terre son long voyage nocturne pendant les douze heures de la nuit, pour renaître jeune et beau dans l'aube d'un nouveau matin, je songe à ma longue vie. Sous mes yeux, le Nil poursuit sa course jusqu'à la Méditerranée, la mer « très verte », dont les vagues et les marées assurent patiemment et sans fin le renouvellement, de même que se renouvellent, verdoyants, les arbres et les plantes dans une éternité qui ne connaît pas de limites. Fleuve fécond et nourricier, il pourvoit comme moi aux destins heureux de l'Egypte. Sur l'eau calme passe parfois un bateau à la haute voile de lin blanc ; les papyrus qui ombrent les bords de la rivière ajoutent, sous la clarté nocturne de la lune, une tonalité verte translucide. Dans ce paysage serein et harmonieux, les souvenirs m'assaillent : l'enfance heureuse à Louxor, la gloire héroïque des batailles gagnées, le grand rêve enfin réalisé d'un Empire unique mené jusqu'aux confins des terres, la paix du monde retrouvée et la prospérité du pays bien-aimé.

Le désir me prend de fixer par des mots ce que furent mon destin, la philosophie du pouvoir qui fut mienne et que j'ai enseignée à mes fils — avant de retrouver pour le temps infini mes frères les dieux. Les mots créateurs de vie porteront pour l'éternité ma grandeur.

Je vais revenir à Per-Ramses, ma « maison », la ville d'élection que j'ai bâtie dans la fraîcheur du delta du fleuve, la capitale de mon Empire. Là, jour après jour, je prendrai en ma main le calame du scribe, déploierai sur mes genoux repliés le papyrus et j'enfanterai des mots ; ou bien, quand la lassitude sera vive, je dicterai à mon fidèle Khay le récit de mon existence. Moi, Ramses-aimé-d'Amon, la lumière des rois, le bon berger du peuple, le père et la mère de tous les humains, le bouclier de millions d'hommes qui protège des multitudes.

I

LA JEUNESSE
ET LE TEMPS DES RÊVES

Le temps déjà lointain de mon enfance à Louxor

Les images les plus anciennes, en mon souvenir, proviennent de Louxor. J'avais sept ans lorsque mon grand-père Ramses, général d'armée et vizir, devint le roi de l'Egypte [2], choisi par le pharaon Horemheb ; ses qualités personnelles et sa vaillance, sa compréhension des problèmes politiques du moment lui avaient valu cet insigne honneur. Horemheb était sans héritier ; sexagénaire déjà, sa santé déclinait ; il chercha alors à assurer sa succession en choisissant dans son entourage un homme intègre, fidèle, déjà chargé de hautes dignités et conscient de la nécessité urgente de restaurer militairement l'Empire, ébranlé par des décennies de laxisme politique. Il désigna le vizir Ramses, chef militaire éminent issu d'une famille de soldats, comme son successeur. A la mort d'Horemheb, mon grand-père organisa pour lui des funérailles solennelles et l'accompagna, selon les rites, jusqu'en sa tombe de la Vallée des rois. Ramses, le premier du nom à accéder au trône de l'Egypte, allait régner pendant près de deux ans, laissant à sa mort le pouvoir à son fils, mon père, Sethi. En ma neuvième année, je devins prince héritier.

Nous vivions dans le palais de Louxor. Le jeune enfant que j'étais encore était fort impressionné par la grandeur et la majesté de cette maison royale. Deux vestibules successifs, que je franchissais toujours avec quelque émoi, donnant à mes pas le plus de dignité possible, menaient à une salle de réception où les Grands du royaume et de plus humbles personnages se mêlaient, attendant de pouvoir parler au souverain ; plus impressionnante pour moi était la grande salle qui lui faisait suite, à l'extrémité de laquelle se trouvait le grand trône royal, sculpté dans l'or le plus fin, auquel on accédait par quelques marches ; sur les flancs étaient incrustées faïence et pierres précieuses ; des têtes de lion dorées, apparemment menaçantes, surmontaient les pieds antérieurs du siège, cependant que les pattes du félin, aux pieds puissants et griffus, servaient de support à celui-ci, assurant la protection magique de Pharaon ; je ne pouvais en détacher mes regards. Je contemplais ce trône, prenant ainsi conscience de la grandeur, de la puissance et du caractère sacré de la royauté. Je pensai qu'un jour je m'y assiérai à mon tour, en majesté, coiffé de la double couronne blanche et rouge et tenant en mes mains les attributs royaux : le sceptre régalien et le chasse-mouches ; mes pieds fouleraient l'image des Neuf Arcs sculptée sur le socle, symboles des pays étrangers que je dominerais. Enfant prédestiné, je comprenais l'importance et la force de la monarchie. Je pensais aux rois glorieux d'antan que l'on m'apprenait à connaître : Djoser le magnifique, Seankhibtaoui Montouhotep et Nebpehtirê Ahmosis, les réunificateurs du royaume, les grands Thoutmosis : Âakheperkarê et Menkheperrê [3], les glorieux conquérants de l'Empire, dont les exploits m'enthousiasmaient. Un jour, comme eux, je le sentis, je deviendrai un empereur héroïque dont le pouvoir s'étendra sur de vastes territoires, que j'aurai conquis après des luttes glorieuses — avec l'aide des dieux. J'éprouvais déjà de l'orgueil face à mon destin royal. Petit prince, je rêvais en mon palais.

J'aimais regarder les hautes colonnes élancées qui, dans ces pièces, s'élevaient jusqu'au plafond ; celui-ci, peint en bleu et parsemé d'étoiles jaunes, évoquait pour moi le ciel. La partie supérieure des colonnes rappelait la luxuriance de la flore égyptienne : prenant la forme des palmes, à la courbe souple et élégante, ou celle des fleurs et des boutons du lotus — créant ainsi une impression de vie végétale au sein même de la pierre. Tout était peint de couleurs vives : bleu, blanc, vert, rouge ; les peintures des murs représentaient les paysages du Nil et des marais, que je contemplais émerveillé. Il me semblait retrouver les scènes familières de la terre d'Egypte, dont le palais et son décor constituaient le rappel.

A l'arrière de la maison royale, communiquant à la fois avec la salle du trône et, par un corridor, avec l'extérieur, se trouvaient nos appartements : chambres et salle de bains.

La porte de l'Ouest donnait accès aux jardins ; là, j'aimais me promener, sans but, ravi par la beauté des fleurs aux coloris divers et chauds, la fraîcheur apaisante des arbres, les parfums nombreux qui se mêlaient à ceux apportés par une brise légère. Les jardiniers allaient et venaient, portant sur leurs épaules une lourde perche horizontale, aux extrémités de laquelle pendaient des seaux emplis de l'eau qu'ils déversaient dans les rigoles creusées sur le sol ; j'aimais l'odeur de la terre humide fraîchement arrosée. Parfois, je parlais avec ces hommes rudes, patiemment laborieux, qui m'enseignaient le nom des plantes ; j'apprenais ainsi à connaître les reines-marguerites, les roses trémières, les pois de senteur, les grosses marguerites blanches, les bleuets, les mandragores, les chrysanthèmes, le lierre et les liserons ; un soin tout particulier était donné aux plantes « étrangères » que Menkheperrê Thoutmosis avait ramenées de Syrie, et qui maintenant poussaient en Egypte — une flore abondante, éclatante que les ouvriers du jardin savaient harmonieusement disposer. Cela me faisait songer aux paroles que le sage Anii avait écrites, trois siècles auparavant, et dont m'avait parlé mon précepteur : « Fais à ton intention un jardin entouré de parterres... Emplis ton regard de toutes les fleurs que ton œil peut contempler, car on ne doit être privé d'aucune d'entre elles ; c'est chose heureuse de ne pas les quitter » — les plantes, m'avait-on dit, connaissent le secret de l'immortalité, détenant une source de vie qui n'a pas de fin. Ces parterres entouraient un étang, auprès duquel je m'arrêtais parfois : aimant à regarder nager et se poursuivre les canards bleus, les poissons multicolores, autour des lotus bleus et blancs. Je me rafraîchissais à l'ombre des arbres qui formaient le pourtour du jardin : palmiers doum, sycomores, acacias sauvages au feuillage touffu, caroubiers, grenadiers, figuiers, saules. Le jardin, sa douceur, ses couleurs, ses parfums ont toujours constitué pour moi une source de sensations douces et apaisantes ; plus tard, je vins y chercher le calme et le repos de l'être après les dures batailles ou la conduite des affaires difficiles. Dans mon enfance, il était pour moi un monde enchanté, merveilleux ; on m'avait dit que certains sycomores sacrés enserraient en leur tronc le corps d'une déesse, dont la tête et les bras surgissaient du feuillage pour distribuer un frais breuvage que la divinité versait d'une aiguière de cuivre : ce pouvait être Hathor, la vache céleste qui chaque jour enfantait le soleil du matin, ou bien Nout, ou encore Isis, dont j'apprenais à connaître et révérer les personnes et les bienfaits.

L'enfance est le temps privilégié de la vie pour la découverte de la nature ; l'esprit est prompt, alors, à voir, à observer, à s'émerveiller devant le spectacle, encore neuf, du monde. En dehors du palais et de ses jardins, le grand fleuve, qui roulait jour après jour ses eaux vertes ou bleues, m'attirait. A pied, sur les levées de terre qui longeaient le rivage, escorté par des serviteurs, ou sur un char léger mené par un conducteur du palais, je me familiarisais avec le monde aquatique où faune et flore se mêlaient dans une même exubérance de vie. Je me souviens encore combien j'aimais l'animation bruyante et colorée qui régnait dans les fourrés de papyrus, au bord des marécages ; dans les corolles qui s'épanouissaient au sommet des hautes tiges élancées des plantes, nichaient des oiseaux de toutes sortes, caquetant, jacassant, chantant, s'envolant ou se posant ; certains, gonflant le cou, étendaient leurs ailes chaudes au-dessus des œufs nouvellement venus, afin que la vie renaisse sans fin. Là, un ibis noir et blanc, aux longues pattes et au cou délicat, se tenait en haut d'un papyrus ; des moineaux, des cailles, des pigeons volaient en tous sens ; là encore une petite genette grimpait le long d'une tige, avide de dénicher de jeunes martins-pêcheurs nouveau-nés, au secours desquels leurs parents apeurés, partis en quête de nourriture, volaient à tire-d'aile ; je demandais souvent à l'un de mes serviteurs d'arrêter la marche de l'animal prédateur en le tirant par la queue. J'aimais regarder le vol sans but, dispersé, des frêles papillons, qui mêlaient à ce monde bruyant, rude parfois, leur légèreté tendre et l'harmonie de leurs couleurs.

Dans la rivière, des animaux menaçants nageaient à fleur d'eau, ou demeuraient tapis au pied des papyrus : hippopotames trapus, crocodiles aux dents acérées, que le harpon du chasseur parfois s'apprêtait à pourfendre. Avec mon ami, le fidèle compagnon de ma jeunesse, Ameneminet, je me mêlais parfois aux pêcheurs ; je les regardais préparer le filet ou la nasse ; j'assistais au départ des bateaux légers faits de bottes de papyrus, ou construits en bois pour les plus grands ; on ne m'a jamais permis de les accompagner, car l'aventure, tentante, était dangereuse ; au retour, lorsqu'ils ouvraient la nasse, ruisselaient sur le sol les poissons aux reflets argentés : anguilles, mulets, tanches, perches, poissons-chats, et d'autres encore, dont un scribe notait soigneusement la nature et le nombre. Lorsque la pêche avait été bonne, les hommes, joyeux, se livraient à des joutes sur le fleuve ; chaque équipage essayait, à l'aide de grandes perches, de faire basculer l'autre ; nous pariions, Ameneminet et moi, sur le succès de tel ou tel.

J'apprenais ainsi à connaître le petit peuple de l'Egypte, j'étais déjà conscient de ses qualités humaines et de sa gaieté. La découverte du monde, pour un enfant, est aussi celle des hommes ; je pensai que, lorsque je serai roi, je m'efforcerai de donner à tous la sécurité, la paix et la prospérité. Mes promenades au long de la rivière m'apportaient des leçons plus vives, plus sensibles, que celles données par mon précepteur. L'observation des hommes conduit à un enrichissement de la pensée, créant un besoin ressenti de communion humaine, un souci de complicité.

Les rythmes réguliers et toujours recommencés du labeur des paysans, qui savaient faire surgir de terre les plantes nourricières, me captivaient aussi. Au début de la saison de l'inondation [4], j'aimais contempler le fleuve, s'enflant d'une eau surabondante, cependant qu'une lourde terre noire se déposait de part et d'autre des rives, apportant la fertilité aux étendues sableuses ; j'allais regarder les travaux saisonniers, jusqu'à ce que surgissent au printemps les pousses verdoyantes du blé en herbe. Plus tard, comme l'avait fait mon père, je ne mobiliserai l'armée des batailles qu'au début de la saison sèche, après le temps des moissons, respectant le travail, nécessaire à la vie, des hommes de la glèbe. Les impressions, les sensations ressenties dans mon enfance demeurèrent toujours vives en moi. Parvenu au soir de ma vie, je me souviens encore des émotions et des rêves du petit prince de Louxor.

Ainsi, dans la ville du Sud, les jours pour moi se déroulaient, heureux, auprès de ma famille. J'étais encore proche de ma mère, la reine Touy, issue également d'une famille de militaires : son père était lieutenant général de la charrerie. Douce et aimante, elle était une personnalité attachante pour laquelle j'eus toujours beaucoup d'affection ; je ne cesserai de la lui témoigner tout au long de mon règne. Deux frères et deux sœurs étaient venus compléter le cercle familial. Il y avait aussi mon oncle Khaemouaset, le frère de mon père ; il exerçait les hautes charges de porte-étendard à la droite du roi et de chef des archers du pays de Koush[5].

Mais, surtout, un lien très étroit m'unissait à mon père, le roi Sethi, qui veillait à mon éducation de futur monarque ; vaillant guerrier, politique lucide, il fut pour moi un guide précieux et aimé. Quand il en avait le loisir, il m'initiait au métier des armes, notamment au tir à l'arc ; il était lui-même un archer fort habile ; une grande cible de cuivre était dressée dans un lieu du jardin ; mon père m'apprenait à placer la flèche à pointe métallique, à bander l'arc comme il convient, à diriger mon tir. J'étais heureux, lorsqu'il revenait d'une lointaine contrée, de pouvoir lui montrer les progrès que j'avais faits sous la conduite de mon précepteur ; celui-ci me parlait souvent de l'habileté de Min, prince de Thinis, qui, quelques décennies auparavant, avait enseigné cet art au roi Âakheperourê Amenhotep[6], un champion fameux, dont la renommée de force et d'habileté durait encore.

Parfois, je montais sur un char auprès de mon père ; il m'enseignait comment conduire seul, sans aurige, la légère « coquille » de bois recouverte de cuir, en gardant les deux mains libres, afin de pouvoir, au cours d'une bataille, tout à la fois conduire et tirer à l'arc ou frapper l'ennemi ; il m'indiquait comment je devais ceindre les rênes autour de mes reins, à bonne hauteur, pour diriger ensuite les deux chevaux par d'habiles mouvements des hanches ; j'aimais à m'élancer auprès de lui sur le char léger, contempler les chevaux qui me paraissaient si beaux avec leurs naseaux frémissants, leurs longues pattes fines haut levées lorsqu'ils se cabraient, le panache touffu de leur queue, leur allure martiale et fougueuse. Je sus que, plus tard, c'est moi qui dresserai le plan de la bataille, conduisant, seul en tête, mes soldats à la victoire, écrasant les adversaires sous la haute foulée de mes coursiers ; sur le char de mon père, je rêvais de grands exploits héroïques qui enthousiasmeraient les générations à venir.

Parfois, il m'emmenait avec lui à la chasse ; dans les marais du fleuve, escortés par des soldats, nous poursuivions au lasso les taureaux sauvages ; plus tard, je pratiquerai aussi ce sport avec mes fils. Dans une marche rapide, mon père lançait la longue corde, dont la boucle venait enserrer la tête et les cornes de l'animal ; puissant athlète, Sethi faisait ainsi, à force de bras, basculer le taureau ; placé devant lui, je l'aidais, en tirant l'animal par la queue, contribuant ainsi à lui faire perdre définitivement son équilibre.

Mon père veillait encore à ce que mon éducation fût parfaite et ma culture complète. J'apprenais les secrets de la langue écrite, aimant d'abord à dessiner soigneusement les signes, répliques figurées des formes humaines, animales et végétales, des éléments du ciel et de la terre ; je fus vite conquis par l'harmonieuse ordonnance des images, le rythme mesuré des phrases. J'appris ensuite à connaître les écrits des sages d'autrefois, les romans d'aventures (celles de Sinouhe me passionnaient), les récits merveilleux : ceux contés dans l'ancien temps par les fils du roi Kheops à leur père m'enchantaient — les exploits du magicien Djedi qui pouvait « recoller » des têtes coupées à l'aide de formules appropriées — les tours fabuleux de Djadjaemankh, qui savait placer la moitié de l'eau d'un étang sur l'autre moitié, de sorte que l'on pouvait traverser à pied sec. Je découvrais les peuples et les pays du monde. J'apprenais à connaître les astres et les constellations de l'univers céleste ; mon précepteur m'avait dit que, pendant le règne de Menkheperrê Thoutmosis, un corps céleste étincelant était apparu soudainement dans le ciel, venant du Sud, puis avait disparu[7] ; j'ai longtemps guetté son retour. Le soir, j'aimais à regarder les milliers d'étoiles qui illuminaient le ciel de Thèbes, formant une voûte lumineuse et brillante comme le cuivre. J'apprenais encore les rudiments des mathématiques et de la géométrie.

Ainsi, mon corps et mon esprit étaient préparés pour mon métier royal.

Durant la première année de son règne, je vis peu mon père fort occupé par la reprise en main de nos territoires d'Asie. Je savais qu'un peuple d'une région lointaine, située très au nord de l'Egypte, les Hittites, et leurs alliés, ambitieux guerriers, voulaient conquérir une part de l'Empire asiatique de l'Egypte, en Syrie et jusqu'en Canaan. Les luttes défensives qu'avait commencées Horemheb, que mon grand-père avait poursuivies, mon père les mena à leur terme. Depuis une fenêtre du palais j'assistais au départ de l'armée qui s'en allait se battre au Nord : Pharaon s'avançait en tête, seul sur son char, précédé d'étendards, seul responsable, seul garant de la guerre ; puis venaient les escadrons de chars formés de guerriers aguerris, hommes cultivés aussi — les compagnies d'infanterie, archers en tête, chacune d'elles menée par un porte-enseigne — puis les légions étrangères : Nubiens, Shardanes, Philistins..., prisonniers des guerres antérieures. Les armes étaient nombreuses et j'admirais leur diversité : pour les Egyptiens, l'arc et les flèches demeuraient les armes essentielles, mais ils étaient également solidement armés de javelots, de lances, d'épées, de poignards, de haches, et même de massues ; les Nubiens portaient des matraques de bois dur — les Shardanes[8], reconnaissables à leurs casques à cornes, brandissaient un long glaive — les Philistins[9], à la coiffure végétale, une large épée plate. A l'arrière marchait l'intendance, un ravitaillement sur pied : des troupeaux de bovins et de chèvres accompagnaient l'armée, longue théorie bruyante et nécessaire. Au fur et à mesure de la progression et de l'épuisement de ces réserves, les régions traversées, sous hégémonie égyptienne, fournissaient d'autres provisions de bouche ; pour boire, on s'arrêtait aux points d'eau et on remplissait à nouveau les outres de cuir. Je contemplais ce puissant et redoutable déploiement de force, sûr garant de la victoire. Je pensai que, bientôt, je partirai avec eux.

Lorsque l'armée victorieuse s'en revenait, suivie d'une longue file de prisonniers, les mains liées derrière le dos, les festivités et la liesse emplissaient Thèbes. Au cours d'une grande cérémonie, mon père, debout sur le balcon du palais, remettait aux soldats les plus courageux et aux vaillants capitaines des récompenses, dont les plus insignes étaient des colliers d'or et des mouches d'or ; je me tenais, très fier, auprès de lui.

Des fils aînés de princes asiatiques étaient également amenés, qui vivraient dans une annexe du palais de Louxor et recevraient une éducation égyptienne, afin de pouvoir, le temps de leur règne étant venu, retourner dans leur pays en apportant à leur peuple les bienfaits de la culture et de la science de l'Egypte.

J'étais avide aussi de mieux connaître les dieux et les déesses, de comprendre leur personnalité, de suivre les rites quotidiens du culte et le déroulement des fêtes religieuses. Mon père parfois m'emmenait à Karnak — situé sur la même rive du fleuve que Louxor, mais à quelque distance — le lieu saint, où la grandeur du temple dédié à Amon-Rê m'emplissait de ferveur ; j'admirais les travaux entrepris, la majestueuse succession des constructions érigées par chaque roi tour à tour, celles de mon grand-père, que mon père poursuivait et que j'achèverais un jour. Notre lignée dynastique allait bâtir la plus grande et la plus haute des salles à colonnes du monde ; elle était située entre le vaste pylône dressé par Nebmaâtrê Amenhotep[10] et celui érigé par mon grand-père, qui continua les travaux commencés par Horemheb, œuvre sans égale, destinée à glorifier la puissance d'Amon-Rê, le roi des dieux. J'aimais à regarder l'affairement des chantiers, dans la chaleur et la poussière — le débarquement des grands blocs de grès jaune que des chalands, en remontant la rivière, transportaient depuis les carrières du Gebel Silsileh — la découpe précise des pierres, effectuée à l'aide de scies de cuivre par d'habiles maîtres-carriers. Je me souviens du plaisir presque physique que j'éprouvais à voir s'élever peu à peu et prendre forme les colonnes monumentales, tandis que le travail des dessinateurs, des scribes, des sculpteurs et des peintres semblait leur donner chaleur et vie. Je me fis la promesse que, durant mon règne, j'érigerai des monuments à la gloire des divinités tout au long de la vallée du fleuve ; je serai celui qui accomplit pour les dieux des choses utiles, construisant leurs maisons, rendant durables leurs temples, grâce à des travaux bénéfiques valables pour l'éternité, illuminant pour eux la cour sacrée à l'aide de belles et monumentales colonnes.

Mon père m'enseignait que les divinités résident dans tous les éléments de la création universelle, dans le ciel et la terre, les champs et l'eau de la rivière, les déserts arides ou la végétation. Ils s'incarnent ainsi dans des formes humaines, animales ou végétales, toutes également œuvres du créateur ; il me disait aussi que si on mêlait ces formes, on alliait ainsi les puissances combinées des hommes, des animaux et des plantes, pour assurer une efficience magique supplémentaire. J'adorais cette part divine contenue dans la nature proche ou lointaine, je comprenais qu'il existait une grande puissance sacrée qui pouvait s'incarner en un million d'images aux noms divers, étant tout à la fois unique et multiforme. Les divinités que j'appris, jeune encore, à révérer pour leurs bienfaits, s'appelaient Khnoum, plus particulièrement adoré dans le Sud, à Elephantine, Thoth à Hermopolis, Sobek au Fayoum, Ptah à Memphis, entre beaucoup d'autres ; elles étaient toutes des manifestations locales du divin, Amon-Rê le Thébain étant leur roi, le dieu de la monarchie impériale. J'aimais à lire les écrits des Sages qui me parlaient de Dieu, je savais que qui l'exalte est magnifié.

Mon père me disait encore que les rois sont d'essence divine, destinés à être de bénéfiques médiateurs entre les hommes et les divinités. Les rois sont des êtres sacrés, concentrant en leurs mains tous les pouvoirs ; issus charnellement des dieux, ils sont les fils de Rê ou d'Amon, selon les temps de l'histoire, et toujours assimilés à Horus, le fils d'Osiris, qui avait vengé son père et assuré fidèlement sa succession, exemple parfait de la piété filiale et de la nécessaire transmission de la royauté du père au fils. Il m'enseignait ce que doit être un roi : la royauté est une belle et bonne fonction, disait-il ; il me rappelait ces paroles qu'avait prononcées autrefois le roi Kheti pour son fils Merikarê : « Le roi doit être le seigneur de la joie. Si tu es juste, tu peux dormir grâce à ta force ; suis alors ton désir. Il n'y aura pas d'ennemis à l'intérieur de tes frontières. »

Lorsque j'eus atteint l'âge de dix ans, mon père considéra que j'étais maintenant devenu un homme, capable désormais d'assumer des devoirs et des responsabilités plus virils ; je me souviens de ces jours qui transformèrent ma vie et assurément firent de moi, fils aîné de Pharaon, un roi en puissance ; j'ai encore en mémoire les paroles que mon père prononça, et qui me remplirent de joie et d'orgueil. Un jour, donc, il apparut en sa gloire au peuple ; j'étais à son côté, et il dit à mon propos : « Couronnez-le comme roi afin que je puisse voir sa perfection tandis que je suis vivant. » Il fit ensuite appeler les courtisans, qui s'assemblèrent dans la salle du trône du palais, et demanda que l'on plaçât la couronne sur ma tête. « Placez aussi l'uroeus sur son front », dit-il à mon sujet, alors qu'il était encore vivant sur la terre. Il m'exhorta à veiller, durant mon règne à venir, sur l'union du pays, à lier les contrées étrangères, à toujours prêter attention au peuple. J'apparus ainsi, pour la première fois, en gloire et en majesté. Grand était l'amour que mon père avait pour moi, car il connaissait ma valeur ; il voulut ainsi me désigner officiellement comme son héritier ; d'autres souverains avant lui (tel Sehetepibrê Amenemhat ou mon grand-père) avaient également ressenti cette nécessité, afin de prévenir toute éventuelle querelle de succession, comme il s'en était déjà produit.

Peu de temps après, lors d'une cérémonie rituelle comportant la sortie des barques sacrées appartenant aux divinités thébaines (Amon, Mout et Khonsou), Sethi prononça devant Amon-Rê une fervente prière, demandant au grand dieu de me protéger, lorsque j'accéderai en paix au trône de l'Egypte, et de m'accorder le temps éternel, à moi, qui étais chargé de la semence divine. Ainsi je serai un roi-dieu à l'instar de mes ancêtres. Je songe encore en ma vieillesse à ces jours merveilleux qui assurèrent ma royauté à venir devant les hommes et les divinités.

Mon père me dota alors d'un harem ; quelques jeunes beautés du palais m'initièrent aux plaisirs amoureux ; je découvris pour la première fois la joie de ces joutes partagées, je connus l'épanouissement physique qu'elles procurent, la lassitude heureuse de l'être comblé et satisfait. Les femmes sont nécessaires à la vie, dont elles assurent le renouvellement et la perpétuité ; j'en connus beaucoup tout au long de mon existence, mais je n'en ai jamais vraiment aimé qu'une seule : la douce, la belle, l'intelligente Nefertari, pour qui je construisis, plus tard, un temple à Abou Simbel et que je dotai de titres et d'honneurs ; l'amour, dans ce cas, n'est pas seulement l'union des corps dans la jouissance de l'être, mais aussi le respect de la femme aimée, un partage spirituel, moral, et non seulement physique, entre deux êtres. Je connus cela plus tard. Mais, jeune encore, sans expérience véritable, ces nuits au harem contribuèrent aussi à mon éducation, à ma connaissance, encore neuve, de l'existence.

A ce moment également mon père me nomma commandant en chef de l'armée, titre d'honneur dont j'étais très fier, mais qui ne me permettait pas encore, toutefois, d'assumer les lourdes responsabilités de la conduite d'une guerre. Cependant je fus autorisé, désormais, à accompagner l'armée en campagne. En l'an 3 de son règne (j'avais alors douze ans) le roi Sethi décida de se rendre à nouveau en Asie pour mettre fin — de manière définitive, pensait-il — aux tentatives du roi du Hatti[11], Mouwattali, qui essayait sans cesse de pénétrer dans les territoires jusqu'alors sous hégémonie égyptienne, tel l'Amourrou[12], de leur imposer sa loi, et de s'en faire des alliés utiles.

Au début de l'été, nous partîmes ; le char léger sur lequel j'étais monté n'était pas dans les premiers rangs de l'armée, mais un peu en retrait, et solidement entouré par des soldats d'élite qui devaient me protéger, moi, l'héritier de l'Empire. Pour la première fois, je remontais le long des Chemins d'Horus, au bord de la mer Méditerranée, depuis El Kantara — cette voie impériale que je devais si souvent emprunter par la suite. Je connus la chaleur du désert aux sables roux, la poussière que soulevaient dans leur marche les hommes et les chevaux, les bivouacs de la nuit sous les tentes dans la lumière blanche de la lune et des étoiles, les feux que l'on allumait pour tenir à distance les bêtes dangereuses ; j'aimais la paix du soir que venaient seulement troubler les hennissements des chevaux, quelque altercation entre soldats ou les cris des veilleurs. Je ressentais une joie profonde de cette communion qui se nouait, me semblait-il, dans l'effort partagé, entre la terre, les hommes — tous les hommes — et les animaux. Nous traversâmes Canaan : les tribus nomades de la région venaient rendre hommage à l'Empereur, mon père, apportant cadeaux et tributs comme preuves matérielles d'allégeance. Nous longeâmes le rivage phénicien, aux cités amies ; mon père m'avait dit qu'il suivait, dans ces marches vers le Nord, la tactique des Thoutmosis : s'assurer d'abord des bases maritimes, qui permettaient un ravitaillement plus facile de l'armée, avant de s'attaquer à l'arrière-pays. Nous reconquîmes l'Amourrou et parvînmes ensuite à l'Oronte, devant la puissante citadelle de Kadesh, la perfide, dans la plaine de la Beka, toujours prête à s'allier avec les ennemis de l'Egypte. C'est là que nous attaquâmes Mouwattali et son armée. Je connus l'exaltation du combat ; entouré par mon escorte je participai, pour la première fois, à la charge victorieuse des chars, suivis par les archers et l'infanterie qui occupèrent le terrain conquis. A tous, dans la mêlée puissante, mon père apparaissait tel le faucon divin au plumage multicolore qui traverse le ciel comme la majesté de Rê, le chacal grand coureur qui parcourt tout le pays en une heure, le lion sauvage qui laboure les chemins de tous les pays étrangers, le taureau puissant aux cornes acérées, au cœur fier, qui foule aux pieds les Asiatiques et écrase les Hittites. A la tête de mes soldats, je deviendrai aussi, un jour, un héros sans pareil. Pour rappeler cette victoire, nous érigeâmes une stèle sur le sol de Kadesh, afin que les générations à venir, même les plus lointaines, se rappellent ce que fut la puissance de notre patrie et la gloire du roi d'Egypte, le Soleil des Neuf Arcs [13] — le soleil qu'adoraient aussi les peuples de l'Asie et qui s'incarnait en Pharaon, empereur divin.

Je connus la joie des retours triomphants. Je me fis la promesse que, une fois devenu le maître et le guide de la nation égyptienne, je mènerai l'armée plus au Nord encore, jusqu'à la limite de l'Empire bâti par les Thoutmosis, les rives du fleuve Euphrate, cette fameuse eau errante dont les eaux s'écoulent vers le Sud, à l'inverse du mouvement du Nil.

L'année suivante, il fallut guerroyer à l'Ouest contre les peuplades Tjehenou et Mashaouash de Libye qui cherchaient à s'implanter dans le Delta, attirées par les richesses de notre Vallée. Dans les grandes scènes de bataille sculptées à Karnak, sur les murs d'un pylône, mon père ordonna que je figure à ses côtés tandis qu'il combattait un chef libyen, éternisant ainsi pour la première fois mon image de guerrier. J'aimais la bataille ; elle confère à l'être une exaltation joyeuse, une impression de force suprême, une jouissance d'orgueil. Mes bras déjà étaient puissants, mon cœur était vaillant, tel celui d'un taureau vigoureux sur l'arène et qu'on ne peut défaire ; j'étais comme un faucon qui fond sur sa proie ; je sentais Amon auprès de moi tel un bouclier. Après la victoire, mon cœur était lisse [14], tandis que la massue blanche de mon père s'étendait au-dessus de la tête des vaincus agenouillés devant lui, petit bétail pris au piège, prisonnier à l'intérieur d'une trappe ; ils étaient semblables, amoncelés ainsi, à des volailles dans le filet.

J'appartenais à une famille de valeureux soldats.

Mon père m'associe au gouvernement impérial

Je venais d'avoir seize ans ; mon père régnait depuis sept ans. Il jugea alors le temps venu de m'associer plus étroitement au gouvernement de l'Empire ; devenu co-régent, je participais désormais à la gestion des affaires, je commandais des expéditions militaires, je surveillais diligemment les grands travaux de construction entrepris dans le pays.

Une première expédition aux carrières de Nubie, placée sous ma seule responsabilité, eut lieu en l'an 9. Dans la marche vers le Sud, je devançais les Grands du royaume, les officiers et les soldats qui se hâtaient derrière mon char, suivis par de nombreux travailleurs chargés de tailler dans la pierre de hauts et magnifiques obélisques ainsi que d'admirables statues au nom de Sa Majesté. De grands navires avaient été construits, que l'on attacha l'un à l'autre, pour assurer le transport des monuments vers Thèbes. Avec fierté, j'établis le plan des opérations et menai celles-ci avec vigilance.

Mon père dirigea mon éducation politique, me faisant connaître tous les problèmes du moment. Il avait déjà acquis une riche expérience du pouvoir et voulut alors me communiquer les réflexions que lui avaient inspirées le gouvernement des hommes et le souci d'assurer fermement les limites de l'Empire. Quand tu régneras, me disait-il, sois d'abord un roi juste tant que tu dureras sur la terre, car l'on surveille et l'on juge ta conduite, et l'eau et le vent rapportent tout ce que tu fais. Il me disait qu'il fallait prendre soin de celui qui pleure, prendre garde de ne pas opprimer la veuve, éviter d'expulser un homme des possessions de son père ou de causer du dommage aux Grands dans leurs fonctions.

Le vizir, qui est tout à la fois les yeux et les oreilles du souverain, mérite d'être choisi après une longue réflexion, soigneusement mûrie, car ce personnage (le plus important de l'Etat après Pharaon) doit être « le cuivre qui protège l'or de la maison de son maître »[15], ainsi que le disait autrefois le roi Menkheperrê Thoutmosis de son vizir Rekhmirê. Administrateur éminent, chargé de hautes responsabilités, il ne baisse pas son visage devant les hauts fonctionnaires et les juges, il ne fait pas ses clients de n'importe qui, il doit veiller à ce que toutes choses soient faites conformément à la loi. Mon père me parlait volontiers de son vizir Paser, l'ami qu'il connaissait de longue date et qu'il avait promu à cette haute fonction dès le premier jour de son règne — Paser, qui avait déjà servi mon grand-père. Homme de confiance, fidèle et dévoué aux intérêts de notre famille, il exerçait avec grande compétence les devoirs de sa charge, dirigeant avec rigueur et équité les tâches de justice, étendant sa vigilance sur la police du royaume, veillant à la bonne tenue de l'intendance militaire. Mon père me disait que de tels hommes étaient indispensables auprès de Pharaon ; lorsque je devins roi, je conservai Paser auprès de moi durant vingt ans environ ; il connaissait tous les rouages de l'administration et fut pour moi un ami précieux et nécessaire.

Mon père me disait encore qu'il fallait ménager les Grands mais demeurer méfiant à leur égard, notamment en ce qui concerne les gouverneurs de province, prompts, souvent, à vouloir acquérir une certaine indépendance et à ordonner, parfois, selon leur gré. Méfiance aussi envers les prêtres du puissant dieu Amon, que les tributs rapportés des guerres successives avaient enrichis, qui possédaient des terres et tendaient à constituer leur propre milice et des tribunaux particuliers, en dehors de la juridiction gouvernementale ; il fallait prendre garde à ce que ces clercs ambitieux ne constituent pas un Etat dans l'Etat ; l'élection du grand-prêtre d'Amon était un événement important : ce chef religieux, bientôt directeur de toutes les divinités, devait être choisi de préférence parmi les intimes de la famille royale. Ainsi, à la même époque, vers l'an 10 du règne, un homme déjà âgé, Nebneterou, le père du vizir Paser, fut choisi pour être le grand-prêtre du roi des dieux.

Mon père me recommandait de manifester de la bienveillance et une grande sollicitude envers les artisans et les ouvriers des carrières, tous ceux qui assuraient la mise en œuvre des grands travaux monumentaux à la gloire des dieux et des rois. Il me raconta qu'un jour il avait rassemblé, sous la conduite d'un Messager royal, un corps d'armée de mille hommes (comprenant soldats et artisans) et des bateaux avec leurs équipages, pour livrer des monuments de beau grès dur à son père Amon-Rê ainsi qu'à Osiris [16] ; il augmenta alors les rations en onguent, en bœuf, en poisson et en légumes, allouées à la force armée. Chacun des ouvriers reçut quotidiennement cinq livres de pain, ainsi qu'une botte de légumes, une portion de viande rôtie, auxquelles s'ajoutaient, par mois, deux sacs de grains. Quant au Messager du roi il reçut chaque jour le meilleur pain, du bœuf, du vin de grenade, des huiles, du miel, des figues, du raisin, des poissons et des légumes. Tous travaillaient alors d'un cœur plein d'amour.

Il fallait également récompenser et honorer, au moyen de cadeaux et de riches nourritures, les dessinateurs, les sculpteurs, les peintres, ceux qui façonnaient et faisaient revivre les formes, assurant ainsi aux dieux, aux rois et aux hommes, dont ils fixaient les silhouettes, les corps et les visages dans la pierre, une éternité de vie. Sethi me chargea alors de diriger les travaux entrepris à Abydos pour l'érection d'un temple-cénotaphe, dédié à Osiris et à lui-même ; il me permit de commencer la construction d'un temple pour moi, jouxtant le sien ; je regardais avec admiration les fines silhouettes sculptées qui peu à peu surgissaient de la pierre (un admirable grès jaune pâle) sous les doigts habiles des maîtres-artisans ; une œuvre de vie, certainement. Je me rendais aussi à Thèbes, sur la rive gauche du fleuve, pour surveiller la construction du temple funéraire de mon père, où, chaque jour, suivant les rites sacrés, il serait appelé de nouveau à la vie ; des bas-reliefs y commémoraient déjà mon futur couronnement ; cependant que Paser dirigeait les ouvriers qui creusaient pour le roi une grande tombe dans la Montagne de l'Occident. J'aimais regarder s'élever ces œuvres d'éternité, dans la poussière et les bruits des chantiers, comme au temps de ma prime jeunesse dans la grande salle à colonnes du temple de Karnak. J'aimais parler avec ces artistes-créateurs, dont le talent m'émerveillait parfois. Je serai certes un guerrier, me disais-je, mais je souhaitais devenir aussi un grand bâtisseur, comme le furent de tout temps les rois, mes prédécesseurs.

Mon père me disait encore qu'un bon monarque ne devait pas négliger le peuple et ses besoins, qu'il devait être attentif à leurs prières et compatissant envers les simples ; « écoute les plaignants qui viendront laver leur cœur auprès de toi » [17], me répétait-il.

Le roi doit être, dans l'univers, un être unique, le grand garant de l'existence, celle des dieux comme celle des hommes. Il bâtit les temples, maisons divines, où les dieux vivent dans la pénombre du Saint des Saints, protégés des souillures et des forces malfaisantes qui cernent le monde ; il assure leur vie quotidienne, en accomplissant à l'aube du jour les rites magiques de l'éveil à la vie, en approvisionnant les autels, enrichissant les tables à libations, multipliant sans cesse les divines offrandes. Il veille aussi au bien-être des hommes, à leur sécurité, au juste équilibre des pouvoirs, dans le respect de la Maât — la justice et la vérité sacralisées. Je me souviens encore de ce poème ancien que l'on chantait autrefois pour Khakaourê Sesostris[18], et que j'aime à me remémorer :

« Comme il est grand le Seigneur pour sa ville !
Seul il vaut des millions, ce sont des petits les autres hommes.
Il est le canal qui endigue le fleuve contre le flux de l'eau.
Il est la salle fraîche qui permet à l'homme de se reposer jusqu'au jour.
Il est un rempart aux murailles de cuivre.
Il est un refuge dont le bras ne fait jamais défaut.
Il est l'asile qui sauve l'homme craintif de ses ennemis.
Il est un abri au temps de l'inondation, l'eau fraîche pendant la saison chaude.
Il est un coin chaud et sec en hiver.
Il est la montagne qui tient éloigné le vent, au temps de l'orage du ciel. »

Ainsi j'accomplissais, en ces années, mon apprentissage royal.

C'est aussi dans le domaine de la gestion de l'Empire et des rapports avec les Cours étrangères que les conseils de mon père furent pour moi riches en enseignements. La domination égyptienne devait s'étendre, me disait-il, aussi loin que l'on peut découvrir des terres, depuis la limite des vents au Sud, jusqu'au plus lointain de la mer Très Verte, au Nord. Les discours des dieux étaient aussi source d'inspiration politique : de Rê-Horakhty[19] : « Tes frontières seront lointaines. Tu te saisiras de la Syrie et du pays de Koush, des Tjehenou et des Shasou, et des îles qui sont au cœur de la Très Verte[20], grâce aux victoires de ton bras vaillant. » Ainsi l'Egypte doit constituer le pivot d'un Empire qui s'étend aux quatre points cardinaux, du Nord au Sud et de l'Ouest à l'Est. Les tribus Tjehenou de Libye doivent être surveillées avec vigilance, me disait mon père. Mais celles des nomades Shasou, qui vivent en Canaan, en Syrie et dans le Retenou[21], sont parfois gênantes, mais non très dangereuses ; toutefois il peut arriver qu'elles soient stipendiées par des puissances politiques (tel le Hatti) qui veulent détruire les intérêts de l'Egypte ; ces populations ne vivent pas en un lieu unique, mais leurs jambes marchent sur des terrains de parcours, dans des régions pauvres en eau, d'accès difficile, dans des forêts nombreuses et dont les chemins sont rudes à cause des montagnes[22]. Quant au pays de Koush[23], au Sud, une démonstration militaire de force doit suffire à calmer les turbulences de ces tribus noires facilement révoltées.

Le danger le plus redoutable venait du Nord, de ces régions lointaines où, sept cents ans auparavant, s'étaient formés de nouveaux Etats, dont l'origine était due à des invasions de peuples étrangers[24], Etats qui prirent peu à peu un grand essor politique et cherchèrent à s'étendre au Sud, dans les zones qui étaient traditionnellement sous hégémonie égyptienne : les citadelles des sables, en Syrie (telles Alep, Karkhemish), carrefours de pistes caravanières, grands caravansérails commerciaux — et les ports de la Phénicie, sur la bande côtière qui longeait la mer. La domination sur ces villes était source de prospérité économique ; l'Egypte se devait de la conserver, en s'opposant par les armes aux peuples rivaux. Seules alliées fidèles, les cités de Phénicie avaient depuis un long temps pactisé avec l'Egypte ; cela était important pour nous à différents points de vue : politique, commercial, mais aussi stratégique ; lors des grandes batailles en Asie, Pharaon pouvait envoyer une partie de l'armée et du ravitaillement par voie maritime, depuis les confins du Delta jusqu'à Byblos, Tyr, Sidon, et Ougarit au Nord — ce qui accélérait notoirement le transport des troupes ou l'arrivée des renforts. Cette tactique avait déjà été employée par mes prédécesseurs Thoutmosis, et je ne manquerai pas de l'utiliser également.

Menkheperrê Thoutmosis avait en effet mené dix-sept campagnes militaires (une chaque année) pour abattre la puissance, grandissante sous son règne, du nouvel Etat du Mitanni, qui s'était constitué dans les hautes vallées du Tigre et de l'Euphrate ; les victoires prestigieuses qu'il remporta, le danger nouveau, dû aux ambitions territoriales manifestées alors par le Hatti, allaient peu à peu entraîner un rapprochement entre l'Egypte et les Mitanniens. Le fils de Menkheperrê, Âakheperourê Amenhotep — après qu'il eut mené fermement deux campagnes en Asie, qui avaient assuré le prestige (et sans doute la crainte) de l'Egypte auprès du prince du Naharina[25], du roi de Babylone et du roi du Hatti — avait amené à composition l'orgueilleux Artatama, souverain du Mitanni ; une première alliance défensive fut alors signée entre les deux monarques, renouvelée ensuite par leurs successeurs respectifs. Une politique d'unions matrimoniales — considérée comme l'un des garants de l'alliance politique — se développa également ; déjà pratiquée auparavant, elle avait pourtant été jusque-là peu fréquente. Le fils aîné et héritier de Âakheperourê épousa la fille d'Artatama, laquelle deviendra Grande Epouse Royale et sera la mère du pharaon Nebmaâtrê Amenhotep. Celui-ci, lors de l'avènement de son cousin Toushratta en Mitanni, lui demanda une de ses filles en mariage ; il épousa également, pour nouer une alliance plus ferme avec le riche Empire de Babylone, une sœur, puis une fille, du roi Kadashmanharbe.

Mon père me rapportait ces événements passés, car cette

politique ferme, soucieuse d'établir une paix équilibrée, regroupa autour de l'Egypte les grands Etats de l'Orient, inquiets maintenant de la « montée » hittite et des ambitions d'Hattousili, le nouveau et entreprenant roi du Hatti. Il m'incitait à poursuivre, avec grande vigilance, cette politique d'alliances orientales, qui faisait de notre pays le centre et le régent du Proche-Orient ; de riches cadeaux, des envois d'or (dont nous possédions de grandes quantités), des mariages devaient continuer à renforcer ces rapprochements politiques. Mais il m'invitait aussi à poursuivre sans relâche la lutte armée contre le Hatti, lutte que Horemheb, mon grand-père, et lui-même avaient constamment menée.

J'étais ainsi préparé au pouvoir. L'exemple des souverains qui avaient vécu avant moi m'était précieux ; je me suis toujours souvenu de ces leçons royales que m'avait données Sethi. Il est bon pour un fils de recevoir les paroles de son père ; c'est avec ce fardeau qu'il parviendra, lui aussi, à la vieillesse.

Il me fallait encore, pour assurer pleinement la royauté à venir, que je perpétue la lignée dynastique, et que je choisisse une ou plusieurs épouses qui me donnent des fils.

Je fonde une famille et assure l'avenir de la dynastie

Les sages de tous les temps ont vanté l'utilité et les bonheurs de la vie familiale. J'avais lu les paroles de Ptahhotep : « Fonde un foyer et chéris ta femme dans ta maison comme il convient ; c'est un champ fertile pour qui la possède » ; je me remémorais également les enseignements du scribe Anii : « Prends femme alors que tu es jeune encore, elle fera pour toi un fils et, pour toi, elle mettra au monde en ton jeune âge. Il est sage de faire des enfants, l'homme est heureux lorsqu'ils sont nombreux. »

Je choisis pour première épouse une jeune fille noble, de haut lignage, Nefertari, originaire de Thèbes. Je me souviens que, dès l'abord, je fus charmé par sa longue silhouette fine et élancée, drapée dans une grande robe du lin blanc le plus fin, retenue à la taille par une large ceinture rouge, dont les bords frangés retombaient presque jusqu'aux pieds ; une cape transparente recouvrait son dos, sa poitrine et ses bras, un élégant plissé donnait de la grâce et de la légèreté à ce vêtement ample et vaporeux. Une lourde perruque noire, aux longues boucles brillantes, ceignait sa tête et retombait sur son dos et ses épaules ; un cône de parfum répandait autour d'elle une odeur suave, plus douce que celle de tous les parfums de Pount[26]. Un large collier d'or, des bracelets de perles multicolores ajoutaient leur chatoiement précieux. Elle ressemblait, lumineuse et claire, à l'étoile du matin en son aube ; son cou était long, ses seins brillants, sa chevelure était de vrai lapis-lazuli, ses bras étaient plus beaux que l'or et ses doigts semblables à des boutons de lotus. Elle était à mes yeux la belle que chantent les poètes.

Je l'épousai alors que j'avais dix-sept ans ; elle me donna d'abord un fils : Amonherounemef, mon premier fils, à qui devait donc revenir, si les dieux le voulaient, l'héritage royal. Ma maisonnée s'agrandit vite ; j'avais pris aussi une seconde épouse Isetnefret, qui donna naissance à mon second fils, Ramses. Nefertari mit ensuite au monde un troisième fils : Rêherounemef, et Isetnefret un quatrième : Khaemouaset — un bel enfant, bien fait et attachant — puis une fille : Bentanat... et d'autres encore. L'avenir de la dynastie était bien assuré.

J'étais à mon tour chargé de l'éducation d'un futur roi. La vie des hommes ainsi se renouvelle dans un cycle sans fin, où chacun joue son rôle jusqu'à ce qu'il rejoigne, parmi ses ancêtres, la terre qui aime le silence, auprès des dieux qu'il a servis et dont il a assuré l'existence bénéfique. Une génération passe et d'autres viennent à sa place, depuis les temps lointains. Les fils, que les hommes engendrent et que les femmes conçoivent, constituent le lien d'une génération à l'autre ; un bon fils est un don de Dieu, comme le fut Horus pour son père Osiris — un modèle exemplaire pour les rois qui en sont un avatar terrestre.

Je voulus donner à mes fils, dès leur plus jeune âge, une éducation militaire, suivant en cela la tradition familiale ; je me souvenais de la tristesse que je ressentais, enfant, lorsque je voyais partir l'armée vers le Nord, sans moi. En l'an 13 du règne de mon père (j'avais vingt-deux ans), je fus chargé de mater une révolte qui s'était produite parmi les tribus de Basse Nubie ; je partis avec deux de mes fils : Amonherounemef, qui avait alors cinq ans, et Khaemouaset, âgé tout juste de quatre ans. L'expédition se fit sans grandes difficultés ; je chargeai les rebelles, debout sur mon char, à la tête de l'armée : mes fils chargèrent aussi, mais à bonne distance, sur un char conduit par un officier expérimenté : ce fut là leur initiation à la guerre. Les ennemis s'enfuirent très vite, apeurés devant ce déploiement de forces. Pour consacrer cette victoire, j'ordonnai la construction d'un petit temple, en partie creusé dans la montagne, à Bet el Ouali, au sud de la première cataracte ; les images de Pharaon triomphant, sculptées dans la pierre sur les murs de la cour extérieure, devaient dissuader les tribus rebelles d'engager une nouvelle guerre ; l'image, comme la parole, possède une efficience et recèle une puissance créatrice.

II

POUR LA GRANDEUR DE L'ÉGYPTE

J'ai vingt-cinq ans et je suis roi

Durant l'été, mon père se reposait en son palais situé près d'Avaris ; nous aimions, la saison chaude venue, séjourner quelque temps dans cette partie orientale du delta du fleuve, proche des rivages marins, plus fraîche et plus humide que la Haute Egypte, encaissée entre deux collines ; une raison plus affective commandait aussi le choix de cette résidence estivale : notre famille était originaire de ces lieux, nous nous retrouvions ainsi dans un entourage ami.

Sethi régnait depuis seize ans ; il semblait fermement porter ses cinquante ans. Mais, soudainement, le vingt-sixième jour du troisième mois de la saison sèche[27], mon père acheva son temps de vie sur la terre et monta vers son horizon, pour s'unir pendant une éternité sans limites au disque du Soleil, ses membres se confondant désormais avec ceux de son divin créateur pour un temps infini. Alors la résidence royale devint silencieuse, les cœurs étant dans l'affliction ; la grande porte du palais demeura close ; les courtisans étaient prostrés, la tête sur leurs genoux, tandis que le peuple se lamentait. Quant à moi, je me souviens encore de la grande peine que je ressentais, j'avais perdu un père aimé et un guide.

J'ordonnai aussitôt que des messagers aillent porter la nouvelle à Thèbes, la capitale, afin que l'on ouvrît la sépulture creusée pour Sethi dans la Montagne de l'Occident, à Sheikh abd el Gournah, sur la rive gauche du fleuve ; il fallait que celle-ci fût prête pour la cérémonie des funérailles et le mobilier funéraire mis en place. Les messagers devaient aussi annoncer qu'un nouveau roi était apparu en gloire sur le trône de l'Egypte ; dès le lendemain du décès de mon père, en effet, les courtisans assemblés dans la grande salle du palais, à la fine pointe de l'aube, avaient solennellement proclamé mon accession au pouvoir impérial.

Pendant soixante-dix jours, ensuite, les rites consacrés à la momification du roi défunt se poursuivirent ; puis son corps, ainsi préservé de toute corruption et de toute destruction, fut placé dans un sarcophage d'or, qui serait déposé plus tard dans un cercueil de pierre. Sur les flancs du sarcophage, étaient sculptées en bas-relief les représentations des peuples de l'Empire : les Egyptiens d'abord, puis les nomades du désert oriental, les Nègres de Nubie et de Koush, enfin les peuples de l'Ouest (les Tjehenou) et ceux du Nord — images recherchées qui témoigneraient éternellement de l'étendue du pouvoir de Pharaon.

Alors commença un lent voyage sur le Nil, en direction du Sud [28]. Seul en tête, sur le navire royal, je précédais un long convoi de bateaux : venait d'abord celui transportant le sarcophage de mon père, que des prêtres encensaient et qu'accompagnaient les cris de pleureuses échevelées, dont les voix aiguës et les gestes confus et désordonnés traduisaient physiquement la douleur ressentie ; venaient ensuite les embarcations des courtisans et des nobles. Déjà le grand fleuve roulait des eaux limoneuses, garantes de récoltes heureuses ; auprès du convoi funèbre qui passait, les promesses de la végétation témoignaient qu'une vie achevée se renouvelle ensuite, telle celle d'Osiris en sa passion. Les brises fraîches qui soufflaient du Nord permettaient l'avancée de la flottille ; lorsqu'elles venaient à manquer, les hommes sur le rivage tiraient les navires au moyen de cordages. Nous nous arrêtâmes souvent en chemin ; la nouvelle s'était vite répandue ; je me souviens qu'à Heliopolis et à Memphis notamment (la ville des anciens rois) un peuple recueilli et gémissant saluait le bateau emmenant la momie du monarque défunt, tandis que l'on m'acclamait comme le nouveau souverain. Ainsi la mort et la vie se côtoyaient encore, la mort qui n'est qu'un passage, doux comme l'odeur de la myrrhe ou le parfum du lotus, bienvenu comme un chemin familier, exaltant comme un ciel qui se dévoile lorsque l'homme découvre ce qu'il ne savait pas.

Après quinze jours de cette lente navigation, nous débarquâmes à Thèbes, sur la rive gauche du fleuve, face à Louxor. Le sarcophage fut placé sur un traîneau de bois, halé à bras d'homme ; nous suivîmes le long chemin sableux qui, depuis les prairies du rivage, en passant devant le château de millions d'années de Nebmaâtrê Amenhotep, conduit à la falaise de l'Occident. Accompagné de ma famille, je menais la procession funèbre, encensant le sarcophage, dont l'or brillant évoquait la chair des dieux, nouvelle enveloppe divine du corps de mon père ; les prêtres du rituel s'avançaient ensuite, précédant le groupe des serviteurs portant quelque mobilier et les objets précieux du défunt. Un long cortège se déroulait ainsi au milieu des pleurs du peuple et des cris renouvelés et ardents des pleureuses. Parvenu à la falaise, le triste défilé s'arrêta devant l'entrée de la tombe, à l'orée du couloir en pente douce qui s'enfonçait dans la montagne ; les prêtres accomplirent les gestes consacrés qui devaient assurer au roi mort une vie nouvelle, et prononcèrent les formules salvatrices qu'Isis la magicienne avait dites autrefois sur le corps de son époux Osiris, ainsi ramené à la vie. On descendit ensuite le cercueil au plus profond du caveau ; puis le puits fut condamné et mon père demeura loin de nous désormais.

Je ne manquais pas, lorsque je me trouvais à Thèbes, au

début de la saison sèche[29], de rendre hommage à celui qui m'avait engendré, en participant aux cérémonies traditionnelles accomplies en faveur des défunts et qui avaient lieu au temps de la nouvelle lune. Je me rendais à Karnak et invitais le dieu Amon à venir sur la rive gauche du fleuve pour visiter les monuments funéraires de mes ancêtres, afin de les vivifier. Je me souviens de ces lentes traversées du fleuve ; je naviguais en tête, précédant la barque d'Amon faite de cèdre et d'or, accompagnée par celle de son épouse divine Mout et celle de son fils Khonsou — la triade sacrée de ces lieux. A l'arrivée sur le rivage, les statues des dieux de la nécropole venaient accueillir celle du puissant Thébain, que j'accompagnais ; les images des rois défunts aussi s'en venaient, portées sur une litière par des prêtres, entourés de flabellifères qui agitaient éventails et parasols. Cette grande fête des morts, qui pouvait durer onze jours, assurait aux pharaons disparus les forces et l'énergie du renouveau, grâce à la présence des divinités qui incarnaient les grandes puissances cosmiques du monde. Ce rituel consacré aux rois morts évoquait pour moi, dans sa signification, les grandes fêtes jubilaires célébrées périodiquement pour le monarque vivant, afin que soit renouvelée sa royauté en même temps que ses forces vives. Ce grand concours de dieux était gage de vie également pour tous les hommes enterrés non loin des sépultures royales ; le soir, les grandes familles de Thèbes, traversant à leur tour le Nil, venaient en procession, portant des torches allumées, jusqu'aux tombes de leurs parents ; on apportait d'amples provisions afin de célébrer ensemble (vivants et défunts) la visite d'Amon dans le bel Occident. Depuis le palais de Louxor, j'aimais suivre du regard cette immense marche aux flambeaux, dont la lumière brillait dans la nuit du désert, apportant aux morts le feu régénérateur ; ce scintillement qui progressait lentement le long des chemins s'unissait à celui des millions d'étoiles, illuminant terre et ciel. J'aimais cette cérémonie qui permettait, pendant le temps d'une fête, de communier avec les défunts aimés, en un grand rapprochement entre dieux, rois et hommes.

Ainsi, en ma vingt-cinquième année, je devins le roi de la Haute et de la Basse Egypte et le Soleil des Neuf Arcs. Bientôt, aux premiers jours de la nouvelle lune, mon couronnement solennel devait avoir lieu.

J'étais devenu un homme vaillant et fort, puissant, et toujours prêt au combat ; mais je demeurais raisonnable dans mes desseins et sage jusque dans les limites du temps éternel, un bon berger, un grand bouclier apportant la douceur à ceux qui sont assis à l'ombre de ses bras [30], roi vigilant et attentif au bien-être du peuple. Celui-ci percevait ma bonté et ma force comme on perçoit l'eau et les brises ; déjà il m'aimait comme on aime le pain et les vêtements, moi le père et la mère du pays tout entier, la lumière de tous les hommes, l'époux de l'Egypte. Je savais qu'un grand destin m'attendait.

Vint le jour du sacre, qui devait définitivement consacrer ma nature et mes pouvoirs divins, transcendant la condition humaine. La mort d'un pharaon est un événement cosmique, le chaos menaçant alors l'ordre de l'univers qui a momentanément perdu son ordonnateur ; l'avènement d'un nouveau monarque rétablit l'équilibre de l'univers ; l'harmonie du monde dépend de l'existence d'un souverain puissant et juste, respectueux de la Maât [31]. J'étais alors ce roi, bien décidé à assurer, par ma présence, ma force et ma sagesse, la sauvegarde de la création, nouveau démiurge empli de foi et d'enthousiasme pour la tâche que m'avait léguée mon père. J'étais déjà devenu Horus, recueillant la succession de son père Osiris.

Depuis quelques mois, les prêtres organisaient la cérémonie : choisissant les lieux et les chemins de la procession qui se déroulerait depuis le palais jusqu'au temple, composant les hymnes qui seraient chantés, fixant la durée des différents actes rituels. Concrètement, le couronnement d'un nouveau souverain est d'abord une affaire religieuse dont s'occupaient les clercs, médiateurs terrestres d'un pacte entre les dieux et Pharaon.

Maintenant, la vieillesse venue, j'aime à me remémorer les grands moments de ce jour unique qui inaugura officiellement mon règne. Je fus réveillé à l'aube en mon palais par les maîtres de la cérémonie sacrée. Après l'émergence hors du sommeil (celui-ci étant le signe révélateur de la condition humaine à laquelle j'appartenais encore pour une part), les rites préparés allaient assurer progressivement mes sources divines et mon efficience supérieure. A Karnak, devant l'entrée du temple, face au pylône, en présence d'un public choisi, comprenant des prêtres et des fonctionnaires de l'Etat, eut d'abord lieu ma purification, qui devait me débarrasser de toutes les souillures humaines : deux prêtres, ayant placé sur leurs visages des masques à la ressemblance des dieux Horus et Thoth (le dieu de la royauté et le dieu sage, prince de l'intellect) versèrent sur moi le liquide contenu dans deux aiguières d'or — deux longs filets d'eau qui devaient me communiquer la force et la vie, l'eau rafraîchissante ayant également pouvoir régénérateur. Puis, dans le temple où m'accueillit Amon, neuf onguents furent ensuite placés sur différents endroits de mon corps ; leur valeur protectrice devait éloigner de moi toute menace ; ces onguents, étant composés de corps gras et de minéraux divers, transfusèrent dans mon être la matière du monde. J'étais ainsi devenu un être pur et un avatar de la terre d'Egypte. La déesse Isis m'allaita ; je plaçai dans ma bouche son sein nourricier[32] et aspirai le liquide divin, qui me conféra vie et immortalité, j'accédais ainsi au monde des dieux qui me reconnaissaient comme leur enfant. J'étais alors devenu cet être d'exception, à valeur universelle, dont l'existence était nécessaire à l'équilibre du cosmos.

Deux prêtres, ayant pris l'apparence des dieux Horus et Seth, placèrent alors sur ma tête les couronnes — la blanche du Sud et la rouge du Nord ; ces deux puissantes, unies sur mon chef par la grâce des dieux tutélaires de la Haute et de la Basse Egypte, témoignaient du pouvoir politique qui m'était ainsi donné. Pour confirmer mon accession au trône, je fis le tour d'un mur symbolisant les frontières de mon royaume : je pris ainsi possession fictivement du domaine que j'allais régenter ; ce rite était très ancien et datait du temps où l'Empire n'existait pas encore. Puis, mon protocole complet, établi par mes soins en accord avec les clercs, fut inscrit par Thoth et la déesse de l'écriture Seshat sur les feuilles d'un arbre sacré, dont la vie végétale toujours renouvelée porterait à jamais les cinq noms que j'avais choisis en témoignage éternel de ma royauté. Le premier, mon nom d'Horus : « taureau puissant, aimé de Maât, seigneur des jubilés comme son père Ptah-ta-tenen », entendait évoquer la juste rigueur et la durée infinie de ma souveraineté, première affirmation de puissance. Proclamant ma dépendance à l'égard des Deux Maîtresses, les déesses assurant rituellement la protection sur la Haute et sur la Basse Egypte, Nekhbet et Ouadjit, l'énoncé suivant soulignait mon rôle de défenseur du pays : j'étais « celui qui protège l'Egypte et qui lie les pays étrangers ». Mon troisième nom, en tant qu'Horus d'or : « Celui qui est riche en années et dont les victoires sont grandioses », constituait une affirmation nouvelle des deux appellations précédentes. Venait ensuite mon nom de couronnement me désignant comme roi de Haute et de Basse Egypte, mon prénom en quelque sorte ; ainsi fut-il rédigé : « Puissantes sont la vérité et la justice de Rê » — phrase à laquelle j'ajouterai un peu plus tard l'expression me désignant comme : « Celui que Rê a choisi » ; ce nom était un hommage au dieu d'Heliopolis, allié à Amon le Thébain, et au culte duquel j'entendais apporter un prestige renouvelé. Enfin mon grand nom, le cinquième du protocole, mon nom de famille, celui qui, selon la tradition, accuse la filiation avec la divinité solaire : « Ramses, aimé d'Amon ». Ainsi je me rattachais aux trois grands dieux que je consacrerai bientôt comme formant la trinité sacrée de l'Empire : Ptah, Rê, Amon. Mes grands desseins impériaux apparaissaient déjà dans ce protocole.

Durant tous ces temps de la cérémonie, le chant des hymnes s'élevait dans la grande nef du temple ; je me souviens encore de certaines paroles psalmodiées par les prêtres et qui me remplissaient de fierté : « Réjouis-toi, ô pays tout entier ! Les temps heureux sont arrivés. Un Maître s'est levé sur toutes les terres ; l'inondation atteint maintenant son niveau le plus élevé, les jours sont longs, la nuit a ses heures exactes, la lune revient avec régularité. » Ma présence royale avait rétabli l'ordre du monde, un instant troublé par la mort de mon père.

La grande nouvelle de mon investiture fut communiquée au ciel et à l'univers. Quatre oiseaux, pourvus des onguents du sacre, furent lâchés vers les quatre points cardinaux, afin que tous les éléments de la création connaissent la venue de mon règne.

Lorsque j'apparus enfin en ma gloire devant le temple, tel le soleil à l'aube d'un nouveau jour, le chef couronné, le peuple cria sa joie dans une grande liesse. J'étais bien désormais, avec les dieux, le maître du destin de l'Egypte et de son Empire.

Je commence à gouverner

Le Nil, maintenant parvenu au plus haut de sa crue, avait recouvert ses rives d'un limon fertilisateur. Le temps était arrivé de célébrer la fête d'Opet, qui, traditionnellement, commençait le dix-neuvième jour du deuxième mois de la saison de l'inondation[33] et durait une vingtaine de jours : Amon de Karnak allait rendre visite à son harem de Louxor, s'unissant pour une œuvre de vie à la déesse Amonet ; il s'agissait pour l'Egypte d'une grande panégyrie associant en un moment unique la fécondité nouvelle de la terre et le pouvoir divin de procréation. Je décidai, et ce fut le premier acte de mon règne, de conduire moi-même cette fête qui témoignait de la renaissance de toutes les sources de la vie. Habituellement, le grand-prêtre d'Amon menait la cérémonie ; mais Nebneterou venait de mourir ; je n'avais pas encore choisi son successeur. J'assumais donc l'une des prérogatives fondamentales de la royauté, qui faisait de Pharaon le chef suprême de tous les cultes ; ainsi je m'affirmais comme le nouveau et seul maître du pays, comme le chef matériel et spirituel du clergé d'Amon, proclamant, par ce geste, la dépendance de celui-ci vis-à-vis du pouvoir royal ; il n'était pas inutile que, dès le début de mon règne, les clercs, ambitieux parfois, sachent que je serai un souverain fort et déterminé à exercer tous les pouvoirs.

Je conduisis donc la cérémonie. J'avais revêtu sur mes habits royaux le costume sacerdotal à peau de panthère. Dans le temple de Karnak, à l'aube du jour, dans la pénombre du Saint des Saints, je m'avançai vers le naos contenant la statue divine ; à coups de silex, j'allumai les lampes à huile et, les promenant, je projetai leur lumière sur la porte et les parois extérieures du tabernacle : ainsi l'aube lumineuse se levait aussi pour le dieu enclos dans sa maison de granit et l'appelait au réveil ; la lumière, génératrice de vie, chassait les esprits mauvais et malfaisants, tandis que s'élevait, purifiante, l'odeur parfumée des pastilles d'encens que l'on brûlait. J'ouvris le naos, et embrassai la statue divine, dans un enlacement qui voulait marquer l'union de deux êtres de même essence. J'ordonnai que l'on dépose devant elle des nourritures et des fleurs, les unes assurant la régénérescence des forces de la vie, les autres constituant un exemple d'immortalité. J'adressai à Amon une fervente prière : « Tu défais les maux et chasses les tourments, médecin rendant la vue à l'œil sans remèdes, secourant qui il veut ; dieu qui entend les prières de celui qui l'implore et accourt de loin vers lui en un instant ; tu es une douce brise pour qui t'invoque, tu aides l'homme épuisé, tu es plus utile que des millions pour qui te place en son cœur. Lorsque tu apparais au matin, soleil radieux, tu déclos les yeux de millions d'êtres avec ton beau visage, on peut à nouveau voir et contempler grâce à toi ; les arbres frémissent, ils se tournent vers toi, l'Unique, et leurs feuilles se déploient ; les poissons font des bonds dans l'eau, ils sautent en l'air pour l'amour de toi. A ta vue, le bétail danse, les oiseaux agitent leurs ailes, car ils vivent de te voir. Tous les corps sont recouverts d'or lorsque s'avance ta lumière. Ta peau est lumière, ta chaleur engendre la vie, toutes sortes de pierres précieuses sont mêlées à ton corps ; tes membres sont le souffle pour chaque narine ; grâce à toi on respire. Dieu lumineux et doux, qui a le goût du miel. » Amon, le plus grand des seigneurs, demeurera, tout au long de ma vie, mon protecteur et mon guide.

On prépara les barques sacrées qui devaient, sur le fleuve, mener le cortège de Karnak jusqu'à Louxor ; on sortit de sa chapelle la barque d'Amon, appelée « Celle à la proue puissante », faite en précieux bois de cèdre, travaillée en or du meilleur des déserts, étincelante de toutes sortes de pierres précieuses ; dans la cabine centrale, on déposa la statue divine. On fit de même pour les autres divinités de la triade thébaine Mout et Khonsou, qui accompagnaient le dieu en son voyage. Tandis que l'on sortait les images sacrées de leurs tabernacles, les prêtres dans le temple chantaient des hymnes glorifiant Amon et lui demandant de me donner la vie et la force, la santé, la vaillance, la victoire et une longue durée de vie ; d'autres divinités sont implorées (Hathor, notamment — autre avatar de l'empyrée) afin qu'elles me dotent des plus riches qualités matérielles et spirituelles.

Mes souvenirs sont vifs encore ; je me rappelle la liesse du peuple dans la première chaleur du matin ; le soleil faisait étinceler le grand fleuve, parcouru par des rais de lumière dont la radiance évoquait celle des pierres précieuses, turquoise ou lapis-lazuli selon les instants. La procession s'engagea sur le chemin qui mène au Nil, précédée d'un soldat dont la trompette avait sonné le départ, et d'un tambourinaire qui scandait la marche. Je m'avançai ensuite en tête du défilé, ouvrant les chemins pour Amon jusqu'au rivage ; les barques divines, jusqu'alors portées sur les épaules de prêtres aux mains pures, furent placées sur de grands bateaux propres à la navigation. Sur le navire royal, je menai la flottille, glissant lentement sur la rivière, au son cadencé des rames, vers le Sud, vers Louxor. Sur les bords du fleuve, une grande foule nous suivait, manifestant sa joie : des prêtres, des soldats, des musiciens, des chanteuses et des danseuses ; des mercenaires nègres et libyens exécutaient les danses de leurs pays, tandis que des ballerines légères suivaient le rythme de la musique ; le peuple d'Egypte, massé non loin des rives, poussait d'ardents cris de plaisir. Toutes ces clameurs de fête, se mêlant aux sonneries des trompettes, au roulement des tambours, au bruit plus aigu des sistres agités, à la douceur harmonieuse des luths, montaient vers le puissant Amon, en hommage à sa grandeur. J'aimais à contempler ces réjouissances de tous ; je me sentais le responsable et l'ordonnateur de cette grande panégyrie, durant laquelle dieux et hommes communiaient pour célébrer la pérennité de la vie.

Dès l'arrivée à Louxor, les barques divines furent conduites jusqu'au temple dans un affairement général : le long du chemin s'élevaient de petits édifices en bois, où s'accumulaient des victuailles de toutes sortes ; des sacrificateurs immolaient les bœufs gras, que l'on dépeçait sur place, tandis que des serviteurs transportaient en hâte les morceaux de viande vers le temple ; tout cela parmi les cris, dans la chaleur et la poussière. Arrivées au temple, les barques furent déposées dans leurs sanctuaires : là, pendant onze jours, dans l'obscurité et le silence du lieu saint, allaient se dérouler les épousailles du dieu, témoignage sacré de la régénération des forces de la vie, au moment même où le Nil fécondait la terre d'Egypte. Dehors, c'était la liesse des hommes, dans les bombances et les ripailles.

La fête terminée, la procession reprit le chemin de Karnak, et les dieux retrouvèrent leurs chapelles secrètes, encloses dans leur grand château ; je reçus, à mon arrivée, les souhaits traditionnels de vie, prospérité et santé.

Mon devoir religieux accompli, je considérai que le temps était venu de prendre en main les affaires intérieures de l'Etat — entre autres le choix d'un grand-prêtre pour le clergé thébain — avant de me consacrer à mon vaste dessein impérial. La paix assurée dans le royaume, le gouvernement tant spirituel que matériel de l'Etat étant dans ma ferme dépendance, les travaux d'art nécessaires à l'immortalité des dieux et des rois se multipliant, je pourrais me dévouer entièrement à la réalisation de mon rêve : reconquérir les vastes territoires soumis autrefois par les souverains Thoutmosis pour assurer la grandeur et la richesse de l'Egypte, en même temps que sa sécurité.

Quelques jours après la fête de Louxor, je réunis à Thèbes les grands personnages de la Cour ; je voulus qu'à ce Conseil assistât mon épouse Nefertari, dont j'appréciais l'intelligence politique exceptionnelle et qui m'apportait heureusement son concours ; devenue Maîtresse du Double Pays, présidant à la Haute et à la Basse Egypte, Maîtresse de toutes les terres, elle m'accompagna souvent dans les cérémonies officielles. En présence de tous, je désignai comme devant diriger la grande-prêtrise d'Amon, Nebounenef, qui était alors grand-prêtre d'Hathor à Denderah et grand-prêtre d'Onouris à Thinis ; son autorité sacerdotale reconnue s'étendait en fait sur une grande part de la Moyenne Egypte et du nome thinite ; je savais qu'il était un homme efficace, bénéfique et dévoué à notre famille. Une cérémonie accomplie ensuite dans le temple même d'Amon confirma ce choix : devant la statue du dieu, je prononçai le nom de l'ensemble des courtisans, celui du chef de l'armée, ceux encore des prêtres et dignitaires du temple ; aucun de ces personnages ne retint l'attention divine ; seul Nebounenef eut sa faveur, car, à l'énoncé de son nom, l'image d'Amon s'anima — ainsi quelques-uns des prêtres présents avaient suivi mes ordres pour que le grand Thébain semble lui-même assumer ce choix.

Le premier jour du troisième mois de la saison de l'inondation [34], accompagné par les courtisans et les Trente (les chefs des grands ministères de l'Etat), je me mis en route, naviguant vers le Nord dans mon grand navire doré, accompagné de la famille royale. Nous débarquâmes dans le nome thinite, où je savais que Nebounenef résidait alors. Je fis appeler celui-ci et lui fis part de sa nomination, lui disant aussi que la grande-prêtrise d'Hathor serait maintenant confiée à son fils, et celle d'Onouris à l'un de ses parents. Désormais, lui dis-je, « la corde de proue et la corde de poupe du château d'Amon te sont confiées, car il te désire toi seul ; il n'a voulu en nommer aucun autre, car mon père Amon est un dieu grand, sans pareil, qui sonde les corps et pénètre les cœurs, un sage qui connaît ce qui est dans chaque être ; il t'a attiré à lui car il connaît ton efficience. Il fera en sorte que tu restes à la tête de ses domaines, il t'accordera une longue vie et il t'accompagnera dans le sol sacré de sa cité ».

Alors les courtisans et les Trente s'unirent pour adorer ma perfection, se prosternant devant moi et m'acclamant, exaltant ma puissance jusqu'à la hauteur du ciel ; j'entends encore la louange : « Tu gouvernes en tant que roi du Double Pays, les Neuf Arcs étant à tes ordres. La limite de ta frontière va jusqu'aux limites du ciel, tout ce qu'il recouvre est sous ton autorité, et ce qu'encercle le Disque sous ton regard, ce que baigne la Très Verte t'est soumis, tandis que tu es sur terre, sur le trône d'Horus, radieux en tant que roi des vivants. »

Je remis à Nebounenef les deux anneaux d'or et la canne d'or fin, insignes de son pouvoir sacerdotal. J'envoyai des messagers pour annoncer à toute l'Egypte que l'on avait confié à la garde de Nebounenef le temple du dieu de Thèbes, tous ses biens et tous ses gens. Pour honorer cet important personnage, mais aussi le placer plus étroitement sous ma dépendance, je lui conférai en même temps de hautes charges temporelles dans le gouvernement. Je dirigeais, dès lors, comme je l'entendais, le puissant clergé d'Amon.

Pendant les deux années suivantes de mon règne, j'assurai fermement mon pouvoir sur tous les rouages de l'Etat, et maintins sous ma dépendance les différents cultes, assumant ainsi pleinement mon devoir royal. Je lançai aussi un vaste programme de grandes constructions. Déjà, profitant de mon séjour dans le nome thinite, je m'étais rendu à Abydos, où j'inspectai le temple-cénotaphe dédié à Osiris et à mon père Sethi ainsi que les tombes où étaient enterrés les souverains des temps anciens du royaume. Je constatai que celles-ci tombaient petit à petit en ruine ; des murs étaient inachevés, ce qui était à peine commencé devenait déjà poussière. Le service rituel des offrandes n'était plus accompli. Quant au temple-cénotaphe, certaines parties devaient encore être achevées, mais plus personne n'y travaillait ; les piliers n'étaient toujours pas dressés sur les terrasses, les statues reposaient à même le sol, non terminées ; les prêtres ne remplissaient plus les devoirs inhérents à leur charge. Cela me fut insupportable, à moi qui pensais qu'un bon fils doit perpétuer le nom de ses ancêtres et assurer à ceux-ci une vie éternelle paisible et bien pourvue. De retour à Thèbes, je réunis la Cour et, en sa présence, annonçai que des ordres allaient être donnés à tous les intendants afin que soldats, ouvriers et sculpteurs poursuivent immédiatement la construction du temple de mon père et restaurent ce qui était en ruine dans les nécropoles royales. Je nommai un intendant supérieur qui devait veiller à la bonne marche des travaux en Abydos et contrôler le service des prêtres : ceux-ci devraient dorénavant assurer régulièrement la présentation des offrandes ; ce même intendant général devait également faire en sorte que soit consignée par écrit la liste des biens du temple, notamment les terres en la possession de ce dernier (leur nombre, leurs limites exactes étant à établir) afin que les produits des champs ne soient plus dérobés au temporel sacré. C'est mon devoir filial que j'assumais ainsi, tel Horus fils d'Osiris, dont j'étais un avatar sur la terre des vivants.

Je décidai aussi d'agrandir le temple que mon prédécesseur Nebmâatrê Amenhotep avait consacré à Amon-Rê, dans la ville de Louxor. J'ordonnai donc la construction d'un autre édifice, prolongeant le précédent et situé plus au Nord ; il fallait que les deux monuments s'ajustent en un ensemble cohérent, s'allongeant sans failles du Nord au Sud, suivant une vision d'ensemble agréable et harmonieuse. Je donnais moi-même des instructions pour la conduite des travaux, réglant aussi l'activité des navires faisant voile tant vers le Nord que vers le Sud pour apporter leurs cargaisons de grains et autres produits, afin que les ouvriers et les artisans fussent amplement ravitaillés ; je savais qu'un homme bien nourri travaille d'un meilleur cœur. Ma présence constante aussi ne pouvait qu'encourager les hommes dans leurs tâches. Ces ouvriers vaillants firent tant et si bien que le nouveau temple fut achevé dès le dixième jour du quatrième mois de l'inondation[35], en l'an 3 ; il était entièrement bâti dans le granit et dans diverses pierres blanches et dures auxquelles toutes sortes de pierres précieuses et merveilleuses communiquaient une chaude radiance. Le monument était grandiose et léger, colossal et élégant tout à la fois, à la mesure de la grandeur d'Amon-Rê et de ma dévotion pour lui ; j'éprouvais une double joie, visuelle et spirituelle, à contempler le large pylône du nouvel édifice élevé sur mon ordre ; il était devancé par deux grands obélisques de granit rose[36], fins et élancés, dont le pyramidion était recouvert de bronze lamé d'or ; réparties de part et d'autre de l'entrée, six statues colossales me représentaient debout ou trônant en majesté et accompagné de Nefertari — les unes en granit noir, les autres en granit rose. J'ai toujours aimé, dans les monuments que j'ai fait construire, associer, suivant un choix judicieux, des pierres de couleurs différentes, dont la vue créait, en même temps qu'un plaisir pour l'œil, une sensation de vie intense et une harmonie chaleureuse ; ainsi, dans le temple que je faisais ériger pour mon *ka* à Abydos (ceci dès le temps de ma corégence) auprès de celui de mon père Sethi, j'établis un jeu de pierres particulièrement lumineux : un sanctuaire osirien, d'albâtre blanc translucide, était placé sur un soubassement de quartzite jaune, couvert d'un plafond en granit rose et flanqué de deux sanctuaires de calcaire blanc pour Isis et Horus ; ceux-ci contenaient des statues de granit noir ; le pylône, à l'entrée, était construit en calcaire blanc et lisse, les montants de la porte étaient en granit rose. A Louxor, j'admirais aussi, dans le temple nouvellement élevé, la légèreté et la grâce fine des hautes colonnes de la cour et de la salle hypostyle. La décoration de celles-ci, constituée d'images sculptées et peintes, était fort avancée, mais requérait encore un temps plus long de travail.

Comme tout Egyptien, je me préoccupais aussi de mettre en place les divers éléments construits nécessaires à ma vie lorsque j'aurais quitté le monde des vivants, car aucun ne s'y attarde très longtemps et, comme ceux qui m'ont précédé, je rejoindrai plus tard la terre des jours tranquilles ; je serai, nouvel Osiris, auprès de mes frères les dieux dans le pays de l'éternité, un pays juste et rigoureux, sans terreur et dont l'abomination est la violence ; tous ceux de notre parenté reposent en lui depuis les temps primordiaux et ceux qui viendront à l'existence dans des millions et des millions d'années iront là aussi, tous. Libéré de mes attaches terrestres, j'accompagnerai le Soleil dans son voyage quotidien, je siégerai parmi les étoiles, je deviendrai le roi de l'univers et le maître de la connaissance.

Ma tombe, comme celles des souverains qui ont régné sur l'Egypte depuis Âakheperkarê Thoutmosis[37], sera creusée dans la falaise occidentale qui domine Thèbes, sur la rive gauche, et l'on préparera pour moi un riche mobilier et des bijoux sans nombre, dont je jouirai à l'infini. Je choisis sur cette même rive l'emplacement où je souhaitais que l'on élevât mon château de millions d'années [38] où, chaque jour, des prêtres célébreront les rites de survie, simultanément accomplis pour Amon-Rê et pour moi, Pharaon-dieu parmi les hommes. Le temple érigé pour mon *ka* à Abydos était petit ; il constituerait, plus au Nord, le rappel d'un monument que je voulais grandiose, à la mesure de ma puissance, et situé naturellement à proximité de mon tombeau. Au cours d'une cérémonie solennelle, je posai la première pierre de mon château d'éternité, voisin de celui de mon père, au sud-est de la colline de Sheikh abd el Gournah [39]. Les plans qui me furent présentés prévoyaient la construction de deux larges pylônes, deux cours péristyles, une vaste hypostyle à quarante-huit colonnes à laquelle les privilégiés pouvaient accéder par trois portes de granit noir, puis trois hypostyles plus petites s'échelonnant jusqu'au sanctuaire. Je fus satisfait de ce projet et encourageai vivement les artisans. Je demandai également que l'on érigeât, au nord du monument, un temple plus petit dédié à ma mère Touy. Au Sud, près de l'entrée du temple, un vaste palais devait être accoté à l'édifice ; ainsi je pourrai résider, quand je le voudrai, auprès de mon temple personnel, surveillant les travaux et la régularité des services religieux effectués par les clercs, les pouvoirs temporels et spirituels demeurant semblablement sous mon unique dépendance.

L'exécution de tous ces travaux requérait beaucoup d'or ; certes celui-ci était fourni en abondance par nos mines du Sinaï, celles du désert arabique du Sud-Est et de la Nubie, au Ouadi Allaki notamment ; les gisements de quartz aurifère sont fort importants dans ces régions : le minerai, depuis les temps anciens, est lavé et concassé sur place ; mes proches prédécesseurs avaient construit une forteresse à Kouban, à l'entrée de l'oued, pour protéger la région contre les pillages des nomades et emmagasiner l'or recueilli. Les pays africains (Nubie, Koush, pays de Pount) livraient d'autre part de lourds tributs d'or. Cet or n'était pas seulement nécessaire pour les travaux d'art, mais il constituait, depuis un siècle surtout, un important moyen de domination politique ; les princes asiatiques étaient souvent venus quémander le précieux métal à la Cour d'Egypte, notamment pendant le règne de Nebmâatrê Amenhotep, et, si les relations internationales avaient été plus fraîches durant les temps troublés de la souveraineté d'Akhenaton, c'est que celui-ci était moins généreux.

Mais une sérieuse difficulté se présentait depuis de nombreuses années, qui rendait peu aisé l'accès aux mines d'or : les pistes qui conduisaient dans ces régions désertiques étaient totalement dépourvues de point d'eau, de sorte que la plupart des caravanes ne pouvaient y parvenir, les hommes mourant de soif sur le chemin en même temps que les ânes ; soit qu'ils aillent, soit qu'ils reviennent, ils ne pouvaient faire de provisions d'eau suffisantes dans leurs gourdes. Déjà mon père Sethi avait résolu de mettre en valeur les régions aurifères du désert nubien, situées près de l'Ouadi Mia [40] ; en l'an 9 de son règne — je me souviens encore de cet événement — il se rendit sur place et implora les dieux de le guider dans sa recherche d'une source située au plus profond des sables ; grâce à l'aide divine, il put faire construire un puits s'enfonçant jusqu'à cent vingt coudées de profondeur, d'où jaillit une eau abondante ; il fit aussi bâtir une ville pour les mineurs et un temple : ainsi les chercheurs d'or pouvaient désormais trouver, au cours de leur fatigant voyage, fraîcheur et repos. Le problème me préoccupait également. Un jour, je donnais audience dans le palais de la ville de Memphis ; c'était au début de la saison de la germination [41] ; j'étais assis sur un trône d'or fin et couronné du diadème aux deux hautes plumes[42] ; le vice-roi de Koush[43] était venu me faire rapport sur son gouvernement et la situation des pays du Sud ; je parlais avec lui des difficultés rencontrées dans l'exploitation des mines d'or proches du Ouadi Allaki ; il me conseilla d'agir comme mon père l'avait fait et de formuler envers les dieux une ardente prière afin qu'ils m'aident dans ma quête de sources nouvelles, et d'implorer notamment mon père Hapi[44] ; il ajouta que mes desseins alors se réaliseraient sûrement, car les puissances divines m'aimaient plus qu'aucun souverain venu à l'existence depuis Rê. Ma résolution fut vite prise : je forerai un puits sur le chemin du Ouadi Akita, où l'on m'avait dit que se trouvaient d'importants gisements. Je réunis les Grands de la Cour, afin de délibérer avec eux de ce projet. Nous en discutâmes. Ils louèrent mon efficacité ; mes souhaits, disaient-ils, devenant toujours réalité, il suffirait que je dise à l'eau : « Descends de la montagne », pour que l'eau apparaisse. J'adressai, quelque temps après, une lettre au vice-roi lui annonçant l'arrivée d'une expédition ; les ouvriers avaient bien rechigné un peu, prétextant qu'il faudrait aller chercher l'eau jusque dans le monde de l'au-delà. Mais, quelque temps après, je reçus une lettre du vice-roi, annonçant le succès de l'entreprise, dû à ma lucide prévoyance et à l'amour que les dieux me portaient, il me disait que le puits était terminé et qu'une eau haute de douze coudées avait jailli en lui sur quatre coudées de profondeur. Désormais l'or affluerait, en plus grande quantité encore, dans le Trésor de l'Egypte. Je pourrai mener, sans difficultés maintenant, les grandes entreprises, architecturales ou diplomatiques, que j'envisage d'accomplir.

L'une d'elles me tenait fort à cœur. Déjà dans mon jeune âge je rêvais d'une ville nouvelle, une ville sans passé, que je ferais construire dans les marches orientales du Delta, d'où ma famille était originaire ; elle serait bâtie autour du palais d'été, proche de Tanis, construit par mon grand-père, et dans lequel mon père aimait à résider. Elle deviendrait une grande capitale, sise au cœur même de l'Empire des Pharaons, en Egypte encore, mais proche des limites des pays d'Asie, qui, dans ma pensée, devaient constituer avec notre pays une vaste unité temporelle dont j'assurerais la gestion. Par sa présence et sa situation elle devait concrétiser l'avenir impérial du royaume de la vallée du Nil. Je l'appellerai Per-Ramses[45], car elle sera mon œuvre, née de mon souci d'administrer un ample territoire, entourant l'Egypte et la protégeant. Les centres vitaux de cet Empire, en dehors de l'Egypte, étaient maintenant en Asie.

Certes, j'aimais parfois résider à Memphis, la plus ancienne capitale de l'Egypte, à la pointe du Delta, ville d'histoire, riche d'un prestigieux passé qu'illustrèrent dans les premiers temps les pharaons qui reposent maintenant dans leurs pyramides proches, et que domine toujours le temple de Ptah démiurge, dieu équitable, maître de la justice et des longues années. Depuis Horemheb, nous avions voulu également faire de Memphis une ville moderne, développant son port, devenu très actif, et ses arsenaux de construction navale. Khaemouaset, le second fils que m'avait donné Isetnefret, après qu'il aura été nommé par mes soins grand-prêtre de Ptah, tentera de faire revivre et connaître les temps anciens où Memphis était la cité-reine ; sur mon ordre, il fera élever, à l'ouest du temple, un magnifique palais des Jubilés. Nous nous rattachions ainsi à la plus ancienne tradition politique, tout en essayant de concilier un passé, un peu figé dans sa gloire, avec le monde actuel. Plus proche de l'Asie que Thèbes, la situation de Memphis pouvait permettre, lors de campagnes militaires, d'utiles concentrations de troupes et de navires, en réserve de celles stationnées à Per-Ramses

— un jalon utile dans l'organisation militaire que j'envisageais.

Thèbes, la ville du Sud, était plus éloignée des centres d'opérations qui allaient être bientôt nécessaires. Je voulais que Thèbes devînt uniquement une grande capitale religieuse, entièrement vouée à Amon-Rê, le roi des dieux. Per-Ramses sera un centre politique, où résideront le gouvernement et la Cour et d'où partiront désormais, directement vers le Nord, les armées de la victoire ; on y vénérera les dieux d'Asie comme les dieux de l'Egypte, créant ainsi une grande unité spirituelle, soutien et garant de l'union des territoires. Je voyais à cette partition des villes essentielles un autre avantage : les clercs d'Amon, trop souvent soucieux de puissance temporelle, seraient ainsi tenus à l'écart du pouvoir. Per-Ramses devait devenir une ville prospère, établie dans un site heureusement choisi grâce à ma lucidité politique et pour la gloire de Ramses-aimé-d'Amon. Je réalisais peu à peu les rêves du petit prince de Louxor.

Mais il me fallait d'abord reconquérir et maintenir l'Empire construit par mes prédécesseurs, dangereusement menacé alors par les ambitions de Mouwattali, le roi du Hatti. Au cours de ma deuxième année de règne, quelques engagements militaires avaient déjà eu lieu en Asie, préliminaires au grand conflit qui, durant dix-sept ans, allait opposer l'Egypte et le Hatti. J'avais également pris soin, un peu plus tard, en combattant sur les frontières libyennes et dans les territoires nubiens, d'assurer fermement mon hégémonie sur ces régions, afin de pouvoir engager toutes mes forces sur le front septentrional. Tout était maintenant prêt pour mener à bien la grande offensive.

Je deviens le héros sans égal que chantent les poètes

J'avais alors vingt-neuf ans, je régnais depuis quatre ans. J'étais un jeune seigneur dont on vantait la beauté et la force, un archer sans pareil ; ma poitrine était puissante à l'heure de la mêlée, telle une flamme au moment où on l'attise, ferme était mon courage tel celui d'un taureau prêt au combat. J'étais le maître de la crainte, dont les cris de guerre pénétraient au cœur de toutes les terres. Mes plans et mes ordres étaient efficaces. Mon cœur était comme une montagne de cuivre[46].

Cette année-là, je me rendis avec l'armée en Asie pour préparer les étapes du grand combat que j'entendais engager contre le Hatti. Je remontai le long du rivage méditerranéen, jusqu'à Byblos, comme l'avaient fait avant moi les Thoutmosis, en vue d'aménager les bases maritimes qui permettraient un acheminement plus rapide, par voie de mer, des troupes et des vivres. Le long de mon chemin, parfois, je plaçais des stèles aux places stratégiquement importantes situées sur mon passage (Tyr et Byblos, notamment), marquant ainsi mon territoire. Ces stèles témoigneront, auprès des générations à venir, de la préparation minutieuse et rationnelle que j'apportais au futur déroulement des combats. Puis je rejoignis Per-Ramses.

Je savais que l'affaire serait rude et que j'allais jouer le destin de l'Egypte. Mes officiers de renseignements m'avaient appris en effet que Mouwattali organisait, avec les princes d'Asie Mineure et ceux de Syrie du Nord, une vaste coalition, allant parfois jusqu'à acheter les alliances; il regroupait ainsi autour de lui plus de vingt peuples : les Dardaniens, les Mysiens, les Lyciens entre autres; le pays d'Arzawa (entre la Lycie et le Taurus) s'était rallié à lui, ainsi que le royaume du Naharina, des villes du nord de la Phénicie comme Ougarit, et des citadelles des pays de Haute Syrie : Karkhemish sur l'Euphrate, Alep, Kadesh sur l'Oronte. J'allais devoir affronter une puissante armée ennemie. A la fin de l'année et au début de l'année suivante (la cinquième de mon règne), je préparais aussi mes forces, rassemblées à Per-Ramses; je décidais avec mon état-major, réuni dans le palais royal en pleine extension, des plans de la campagne.

Enfin, le neuvième jour du deuxième mois de la saison sèche[47], après que le blé, l'orge et le lin de l'année eurent été récoltés, je donnai l'ordre du départ; seul, à la tête de l'armée, puissant comme Montou[48] en son heure, précédé par les oriflammes et les images du dieu Oup-Ouaout[49], je m'avançai sur mon char d'or étincelant, tiré par mes deux coursiers favoris : « Victoire-dans-Thèbes » et « Mout-est-satisfaite ». Derrière moi, suivaient tous les éléments de l'armée : les chars, les archers et les fantassins, les légions étrangères et leurs mercenaires, les services d'intendance et de ravitaillement, plus de vingt mille hommes. Nous nous dirigeâmes ainsi vers le Nord, en vaillance, en force et en gloire. J'avais souhaité aussi que m'accompagnât l'un des deux vizirs, qui serait plus particulièrement chargé de l'intendance et de la transmission des ordres aux différents régiments, ainsi que quelques-uns de mes jeunes fils et certains membres de ma famille; le combat est aussi un spectacle, auquel peuvent assister des personnes choisies, qui glorifieront ensuite, en les rapportant, les hauts faits d'armes dont elles auront été le témoin.

Le puissant défilé franchit la frontière à El Kantara et s'engagea sur les chemins d'Horus, non loin des rives marines, la voie royale des conquérants. Je suivais, dans cette longue marche, un plan mûrement réfléchi : j'avais réparti l'armée en quatre divisions, placées respectivement sous la tutelle des dieux Amon, Rê, Ptah et Seth, auxquelles j'adjoignis un corps armé de soutien ; dans l'ordre de ces divisions essentielles, celle d'Amon en tête, nous pénétrâmes à l'intérieur des terres et traversâmes le pays de Canaan et le sud de la Syrie, jusqu'à la plaine de la Beka, située entre Liban et Anti-Liban, où se trouvait la puissante citadelle de Kadesh, alliée perfide de Mouwattali ; la force de soutien continuait à longer de son côté les rivages phéniciens ; elle devait ensuite, parvenue au nord de la Phénicie, au pays des Amorrites, s'engager à son tour dans les terres, vers l'Est, franchir le fleuve Eleuthère et rejoindre Kadesh. L'ennemi devait ainsi être pris en tenailles et n'aurait d'autre échappatoire que la fuite vers le Nord.

Un mois après le départ, nous arrivâmes au sud de la citadelle ennemie. Je franchis avec la division d'Amon le gué qui permettait de traverser l'Oronte sans difficultés et arrivai devant la ville. Les trois autres divisions s'acheminaient lentement, au Sud : l'armée de Rê se trouvait à sept kilomètres derrière celle d'Amon et n'avait pas encore franchi le gué du fleuve. Je les attendais pour investir définitivement la cité. On dressa donc le camp, et je passai sous ma tente une nuit de repos. Je n'avais pas de crainte, croyant, selon les renseignements qui m'étaient apportés, que l'ennemi se trouvait encore à Alep. L'aube venue, dans la fraîcheur du matin, je m'assis auprès de la rive de l'Oronte, sur mon trône d'or fin ; à mes côtés était couché un lion, mon compagnon vivant, symbole de vaillance et d'agressivité, image de la force royale. A ce moment, on m'amena deux bédouins Shasou, faits prisonniers par mes soldats; ils me dirent être venus jusqu'à moi afin de me présenter la soumission des tribus de la région, désireuses d'échapper à la domination hittite; dûment questionnés, ils confirmèrent que Mouwattali se trouvait bien près d'Alep, ajoutant : « Sa crainte est si forte qu'il n'ose pas s'aventurer au Sud, depuis qu'il a appris que Pharaon marchait vers le Nord. » Je les crus, et cette confiance faillit m'être fatale; je sus, en effet, plus tard, que les deux hommes étaient en réalité deux émissaires secrets du roi du Hatti, chargés par lui de me tromper sur sa position réelle, afin de me surprendre ensuite plus sûrement. J'eus certes le tort de les croire; j'étais jeune alors, bouillant d'ardeur guerrière et peu habitué encore à ce genre de ruse mensongère.

Mais la supercherie fut vite découverte, lorsque deux soldats hittites, capturés par des éclaireurs égyptiens, avouèrent, après qu'ils eurent été convenablement fustigés, que le roi du Hatti avec ses alliés était caché, en fait, derrière les bosquets d'arbres et les collines, prêt à combattre, au nord-ouest de Kadesh. Il avait rassemblé, dirent-ils, des hommes et des chevaux aussi abondants que les sables; sur un char, il y avait trois hommes[50]; tous les meilleurs soldats hittites étaient là, équipés avec toutes sortes d'armes de guerre, sans limites. Ils ressemblaient à des sauterelles abattues sur la plaine, à cause de leur grand nombre.

Je convoquai aussitôt mon état-major et réprimandai hautement les officiers, qui n'avaient pas fait surveiller assez attentivement les mouvements de troupes de l'ennemi. Je chargeai aussitôt le vizir d'aller porter la terrible nouvelle à la division de Rê qui se tenait déjà dans la vallée, avec cet ordre : « Avancez vite! Pharaon, votre maître, se prépare seul à la bataille »; mais l'attaque-surprise des Hittites prévint cette manœuvre, tandis que la famille royale fut emmenée par le prince Rêherounemef (le second fils né de Nefertari et dont c'était le baptême du feu) à l'ouest du camp. Je discutais encore avec mes officiers quand soudain *ils* surgirent, venant de la partie sud de Kadesh, ayant donc contourné la ville. Ils attaquèrent l'armée de Rê en son centre, coupant en deux cette division, qui ignorait encore leur présence et n'était pas prête au combat ; mon infanterie et ma charrerie faiblirent devant eux. Alors ils se dirigèrent droit sur mon camp ; mes hommes effrayés s'enfuirent. Je me levai, saisissant rapidement mes armes, revêtant en hâte ma cotte d'armes ; je montai aussitôt sur mon char et allai au-devant des ennemis venus du Hatti. J'étais complètement seul ; à part Menna, le conducteur de mon char, personne d'autre n'était là, aucun chef, aucun charrier, aucun commandant d'infanterie, aucun porteur de bouclier ; mon armée avait été comme un butin devant eux, aucun de mes soldats ne se tint ferme pour combattre. Menna à son tour faiblit, son cœur devint lâche et une très grande frayeur pénétra en son corps ; il me dit : « Pourquoi demeures-tu là, seul, au milieu des ennemis, qui raviront les souffles nécessaires à notre bouche ? Sauve-nous, ô Ousermaâtrê ! » Je lui répondis : « Sois ferme, Menna, je vais charger les ennemis tel le faucon qui fond sur sa proie. » Soudain, regardant derrière moi, je découvris que deux mille cinq cents chars m'encerclaient ; j'étais pris comme dans une nasse. Allais-je donc perdre la bataille avant de l'avoir engagée ? Allais-je entraîner un désastre pour l'Egypte, détruisant l'œuvre impériale de mes prédecesseurs ? Mon destin souverain allait-il trouver son terme à Kadesh ? Cela ne se pouvait. Seuls les dieux pouvaient me sauver de ce redoutable danger. Alors je me tournai vers mon père Amon et l'implorai ; des phrases de cette fervente prière demeurent encore en ma mémoire, alors que je suis maintenant parvenu au soir de ma vie, tant étaient grands alors, en ce jour unique, ma crainte et mon espoir :

« Que t'arrive-t-il donc, ô mon père Amon ? Est-ce qu'un père peut oublier son fils ? Est-ce que j'ai jamais désobéi aux desseins que tu m'as assignés ? Le seigneur de l'Egypte est trop grand pour permettre à des étrangers d'apparaître à l'orée de son chemin ; que sont pour toi ces Asiatiques, ô Amon ? Des êtres vils qui ne connaissent pas Dieu. Vers toi, j'ai conduit toutes les terres rassemblées pour nourrir tes divines offrandes. Je t'appelle, ô mon père Amon ; je suis au milieu d'ennemis innombrables que je ne connais pas ; tous les pays étrangers sont unis contre moi et je suis seul, absolument seul. Mon infanterie m'a abandonné et aucun des soldats de ma charrerie n'a regardé vers moi. Je crie vers eux, mais aucun d'eux ne m'entend lorsque je les appelle. » Je faisais cette prière aux confins des contrées étrangères, mais déjà ma voix roulait vers Thèbes. Alors je m'aperçus qu'Amon venait à mon appel, il me donna sa main et je fus heureux ; se tenant auprès de moi il s'écria : « Face à face avec toi, Ramses aimé d'Amon ! Je suis auprès de toi, c'est moi ton père, ma main est avec la tienne. Je vaux plus que des centaines de milliers d'hommes, moi, le seigneur de la victoire, qui aime la vaillance. » Je sus, ce jour-là, que si l'aide des hommes est utile, le secours divin est plus précieux encore, ne connaissant pas de limites humainement imaginables à son efficacité ; je compris aussi que ma personne même participait vraiment de la nature privilégiée des dieux.

En effet, je découvris soudain que mon cœur était fort, ma poitrine joyeuse ; ce que j'entreprenais se réalisait. J'étais comme Montou. Je lançais des flèches de la main droite, j'empoignais l'ennemi de la main gauche. Je chargeai ainsi à six reprises, combattant sans pareil ; quand soudain je m'aperçus que les deux mille cinq cents chars, au milieu desquels j'étais, gisaient, renversés, devant mes chevaux ; Amon transformait les étrangers en paille devant eux. Aucun, parmi les adversaires, n'avait trouvé d'aide pour combattre, leurs cœurs en leurs corps faiblissaient à cause de la crainte que j'inspirais ; leurs bras défaillaient, ils ne savaient même plus tirer à l'arc ni trouver la force nécessaire pour se saisir de leurs lances. Devant moi, ils plongeaient dans l'eau du fleuve comme plongent les crocodiles ; ils tombaient sur leurs visages, l'un sur l'autre, et je tuais parmi eux qui je voulais. Aucun ne regardait derrière lui, aucun de ceux qui étaient tombés ne se relevait.

Le roi du Hatti, qui se tenait au milieu de son infanterie et de sa charrerie, regardait le combat que je menais, moi, le héros solitaire, qui n'avait plus de soldats. Il se tenait là, décontenancé, apeuré. Il fit alors venir d'autres princes nombreux, équipés de leurs armes de combat : le prince d'Arzawa, celui de Mysie, le prince de Lycie, le prince des Dardaniens, celui de Karkhemish, le prince d'Alep et ses propres frères hittites, formant un tout unique, qui se précipitèrent droit sur le feu de mon uroeus. Je chargeai contre eux, à nouveau, je fis qu'ils éprouvent la force de ma main durant l'accomplissement d'un instant ; je les massacrais, je les tuais. Chacun d'eux criait à son compagnon : « Ce n'est pas un homme qui est parmi nous, c'est le dieu Soutekh [51] à la grande vaillance, c'est Baal lui-même. Ce ne sont pas les actions d'un homme qu'il accomplit, mais celles d'un être unique, qui a le pouvoir de défaire des centaines de milliers sans l'aide d'une infanterie et d'une charrerie. Voyez, celui qui s'avance pour l'approcher, sa main devient faible ; on ne sait plus se saisir d'un arc ou d'une lance lorsqu'on le voit s'avançant au galop sur le chemin. Fuyons devant lui, avant qu'il ne ravisse les souffles de nos bouches ! » Ainsi disaient-ils.

Je me tenais sur le champ de bataille, ivre d'orgueil et de joie, tandis que je découvrais gisant sur le sol, abattus dans leur sang, les meilleurs guerriers du Hatti, les fils et les frères du prince. J'avais rendu brillante la terre du pays de

Kadesh[52], et l'on ne savait plus où marcher parmi la multitude des corps étendus. Peu à peu, la furieuse et exaltante ardeur qui me poussait au combat se calma en moi, je retrouvais la condition humaine. J'avais sauvé l'Egypte, moi le fils d'Amon-Rê, le roi assis sur le trône de lumière, la main du dieu tenant la mienne. Les divinités et les héros, compagnons d'exception, protecteurs attitrés des hommes, doivent infailliblement assurer la sauvegarde du Pays bien-aimé.

Je donnai de la voix pour appeler mon armée : « Combien lâches sont vos cœurs mes soldats, il est inutile certes d'avoir confiance en vous. Pas un seul d'entre vous n'a placé sa main avec la mienne tandis que je combattais, pas un seul d'entre vous n'est venu qui puisse parler ensuite de ses exploits lorsqu'il sera de retour au pays. Votre lâcheté est trop grande pour pouvoir être rapportée. Mais les contrées qui m'ont vu rediront mon nom jusqu'aux régions les plus lointaines que l'on ne connaît pas encore. » Alors ils revinrent, un par un, au temps du soir, s'approchant lentement du camp; ils adorèrent mon nom lorsqu'ils virent ce que j'avais fait; mes officiers s'avancèrent, tête basse, exaltant ma puissance, assurant que j'avais brisé les vertèbres du Hatti pour toujours. Je leur adressai de sévères reproches : « Que vous est-il arrivé que vous ayez refusé le combat ? Est-ce qu'un homme n'est pas magnifié dans sa ville, lorsqu'il revient après s'être conduit comme un brave devant son seigneur royal ? On acquiert un bon renom en combattant ; un homme est d'abord respecté en fonction de sa puissance. Mes seuls compagnons, dans la bataille, ont été Menna, mon charrier, et mes deux grands coursiers ; désormais c'est moi qui nourrirai ceux-ci, leur apportant, chaque jour, la ration de fourrage dont ils ont besoin, lorsque je serai de retour dans mon palais. »

Puis je pris une nuit de repos. L'aube vint à nouveau,

illuminant la terre ensanglantée ; j'entendais porter à l'ennemi une attaque décisive et je disposai mes soldats en ordre de combat. J'étais prêt à la bataille, tel un taureau impatient sur le sol de l'arène. Bien pourvu cette fois de guerriers et d'hommes vaillants, je pénétrai dans la mêlée. Le serpent de mon front[53] terrassait pour moi les ennemis ; il plaçait sa chaleur, telle une flamme, dans le visage des adversaires ; j'étais comme Rê quand il resplendit à la pointe de l'aube et mes rayons consumaient les corps des rebelles ; quiconque voulait s'approcher de moi, la chaleur de la flamme aussitôt brûlait son corps. Alors ces vils ennemis voulurent s'enfuir ; dans leur dos, je devins semblable à la tempête qui fait rage et qui attise la flamme ; ils étaient aussi tremblants que les plumes des oiseaux face aux souffles des vents. Ils se tinrent là, éloignés, prosternés devant moi ; je m'emparai d'eux, alors qu'ils gisaient, renversés devant mes chevaux, en un monceau unique.

Mouwattali m'envoya un message — une lettre de sa main — m'implorant de cesser le combat ; ce message est encore conservé dans le service des archives royales. « Ô souverain, protecteur de son armée, vaillant grâce à son bras puissant, muraille pour ses soldats le jour du combat, roi de la Haute et de la Basse Egypte, prince de la joie, seigneur du Double Pays, Ousermaâtrê-Setepenrê, fils de Rê, lion maître de la force, Ramses-aimé-d'Amon ! Le pays d'Egypte et le pays du Hatti sont tes serviteurs, ils sont sous tes pieds ; Rê, ton père auguste, te les a donnés. Ne sois pas violent envers nous. Vois, ta gloire est grande et ta puissance est lourde sur le pays du Hatti. Serait-il bon le massacre de tes serviteurs ? Tu es venu hier et tu as tué des centaines de mille ; tu es revenu aujourd'hui, et tu n'as pas laissé d'héritiers. Ne rends pas tes paroles trop sévères, ô roi victorieux, la paix est plus utile que la guerre, donne-nous les souffles de la vie. »

J'étais comme Montou en son heure, lorsque l'assaut est

passé. Je me reposai, puis convoquai les chefs de mon infanterie et de ma charrerie et tous les officiers ; je leur parlai de la proposition de paix qui m'avait été envoyée et leur rapportai les paroles du prince du Hatti. Ils me dirent tous que la paix était très bonne. Je décidai donc d'abandonner le vaincu à sa lourde défaite, sans investir Kadesh.

A l'aube du lendemain, nous levâmes le camp. Un long défilé de victoire prit le chemin de Per-Ramses ; lorsque nous arrivâmes dans la nouvelle capitale, déjà prévenue de mes exploits, la liesse était générale, le peuple exultant poussait des cris de joie, il savait désormais qu'à l'abri de mon glaive il n'avait plus à craindre aucun ennemi ; on sortait les statues des dieux sur mon passage, on m'acclamait. J'apportais à mon père Amon, en son temple, de riches offrandes ; soucieux de lui témoigner ma reconnaissance, je lui fis don aussi de nombreux prisonniers pour cultiver ses terres et servir ses clercs. J'ordonnai que l'on accomplisse un grand sacrifice à la triade thébaine : Amon, Mout et Khonsou ainsi qu'à Rê-Horakhty, les dieux de la victoire et de la paix maintenant retrouvée. Un scribe de la Cour, nommé Pentaour, composa un long poème à ma gloire, magnifiant ma jeune hardiesse et ma nature divine ; j'aimais ces longues phrases rythmées, animées d'images sensibles et belles, les fougueuses descriptions épiques ; je les relis encore en ma faible vieillesse ; ainsi, pour le poète, ma royauté était désormais universelle : « Le Grand Cercle [54] et la Très Verte, les contrées méridionales de la Terre du Nègre jusqu'aux pays et aux marécages s'étendant vers les extrémités de la nuit, rassemblés aussi loin que la limite des quatre piliers du ciel, sont sous les pieds de ce dieu parfait. » Les mots éterniseront à jamais la puissance souveraine que j'acquis en ma trentième année ; les générations à venir, même les plus lointaines, les reliront avec émoi, dans des pays encore inconnus de nous. Je commandai aussi aux dessinateurs, aux sculpteurs et aux peintres de représenter les divers épisodes de la bataille sur les pylônes et les murs extérieurs des grands temples d'Egypte : à Abydos, Karnak, Louxor et dans mon château de millions d'années à Sheikh abd el Gournah — ce qu'ils firent avec talent et fougue, mais aussi quelque humour parfois : décrivant le camp égyptien, l'attaque par les chars hittites, la vaillance avec laquelle je menais mon combat solitaire, auprès de la citadelle de Kadesh entourée de fossés ; un artiste avait cru bon de représenter le prince d'Alep que l'on plaçait la tête en bas afin qu'il puisse rejeter l'eau qu'il avait avalée dans l'Oronte au cours de sa fuite éperdue. Je reconnus bien là la sensibilité égyptienne, éprise parfois de sensations extrêmes, mais aussi de gaieté et de rires. Afin d'accompagner l'image par le Verbe, je fis sculpter également le texte du poème de Pentaour, notamment sur l'aile est du pylône de Louxor et sur le deuxième pylône de mon château d'éternité — pour que mémoire totalement demeure.

J'avais commencé d'accomplir le destin auquel je m'étais, depuis toujours, préparé.

Mais Mouwattali ne s'en tint pas là. Vaincu sur le champ de bataille, il tenta de pallier les conséquences de sa défaite par la diplomatie et la recherche de nouvelles alliances. Ainsi l'Amourrou, dont le souverain Benteshina s'était rapproché de moi après ma victoire devant Kadesh, ne tarda guère à céder à ses propositions et son pays revint sous allégeance hittite ; Benteshina, considéré comme un traître, fut déporté au Hatti. La terre des Amorrites avait une importance stratégique indéniable, couvrant la Phénicie au Nord-Est et constituant une voie de passage importante depuis les villes des sables jusqu'aux cités de la mer. Les intrigues ennemies se poursuivirent jusqu'en Canaan. Mon succès militaire incontestable avait été un frein face aux ambitions du Hatti, mais ne représentait pas encore une étape définitive. Il fallait que je demeure vigilant et que je me prépare à de nouveaux et proches affrontements. Une victoire n'est souvent qu'une halte dans l'enchaînement des luttes guerrières dues à l'ambition des princes.

Mon premier acte consista à remanier l'état-major de l'armée en plaçant aux postes de commandement des militaires de confiance. Ceux-ci devaient d'abord, impérativement, sur mon ordre, entraîner les soldats au combat au cours d'exercices nombreux et renouvelés. Une année se passa ainsi à assurer la remise en forme de la machine de guerre.

Mon service de renseignements avait été défaillant ; je décidai d'en confier la réorganisation et la direction à Ameneminet, l'ami de mon enfance, le compagnon de mes jeux d'autrefois dans les jardins du palais de Louxor et sur les rives du Nil. Je savais qu'il m'apporterait un concours précieux et que son affection fidèle m'était acquise ; je le nommai « Envoyé royal dans toutes les terres étrangères », et il me fit régulièrement des rapports sur les événements survenus en Asie — envoyé compétent et sûr.

J'apprends que les Achéens mettent le siège devant Troie

L'Asie va connaître alors de grands bouleversements. L'ancien et puissant royaume du Mitanni, que Menkheperrê Thoutmosis avait autrefois amené à raison, était maintenant devenu un vassal du Hatti, et servait d'état-tampon entre celui-ci et l'Assyrie, dont les ambitions territoriales ne vont pas tarder à se manifester ; les pertes subies à Kadesh ne permettaient guère alors à Mouwattali de résister fermement à la nouvelle ascension politique du royaume du Tigre, et le Mitanni, peu à peu, sera absorbé par l'Assyrie ; celle-ci cherchait également à étendre son influence en Syrie du Nord, menaçant donc directement l'hégémonie que les princes hittites avaient établie sur ces territoires. La situation devenait difficile, porteuse de conflits.

Les peuples de la côte de l'Hellespont demeuraient les alliés de Mouwattali ; ils protégeaient le Hatti contre les pirates de la mer et les prétentions achéennes qui se révélaient dangereuses. L'annonce de ces intrigues me parvenait à la Cour de Per-Ramses.

Ainsi j'appris qu'une flotte achéenne de soixante vaisseaux, emmenée par Agamemnon, le roi d'Argos, et les princes de Mycènes, de Sparte et de Pylos, faisait voile vers Troie. Je savais que la ville était une place commerciale très importante : située au nord-ouest de l'Asie Mineure, elle commandait l'accès des Détroits et donc le passage de la mer Noire vers la mer Egée. Aux temps anciens des premiers rois d'Egypte, elle n'était qu'une simple bourgade de pêcheurs, mais vite enrichie grâce aux péages qu'elle percevait et à l'escale qu'elle fournissait aux navires marchands ; devenue une cité prospère, il semble qu'à ce moment elle ait attiré la cupidité des souverains atrides. On m'avait à ce propos rapporté une histoire qui circulait alors en Orient ; la guerre aurait eu pour enjeu une femme : Hélène, la femme de Menelas, frère d'Agamemnon, remarquable par sa beauté — on la disait fille des dieux — avait été enlevée par Pâris, fils cadet de Priam, le prince de Troie ; après quelque temps passé en Phénicie, Pâris et Hélène se seraient réfugiés à Troie ; les Achéens auraient alors pris la mer pour venger l'affront et reprendre Hélène. Cela me paraissait une bien curieuse affabulation. Les gens de ces régions, m'avait-on dit, aiment construire des récits légendaires pour « habiller » les faits réels ; ils ont le sens inné du conte romanesque. Faire la guerre pour une femme m'apparaissait en effet peu sensé ; la guerre a pour enjeu essentiel la satisfaction d'ambitions territoriales ou la défense contre une agression ou le souci de préserver par avance son propre territoire. La réalité était sans doute que les Achéens voulaient s'approprier les importants revenus fournis par le commerce de transit auquel présidait la ville de Troie, et s'ouvrir un accès aux richesses des pays caucasiens. Déjà auparavant, pendant le règne de Nebmaâtrê Amenhotep, une expédition, partie de Thessalie, avait mené les navigateurs à bord du vaisseau Argo, commandé par Jason, jusqu'en Colchide, au sud du Caucase ; ils allaient chercher la toison d'or d'un bélier mythique — cette légende aussi m'avait été rapportée. Ce voyage, s'il avait eu réellement lieu, avait sans doute pour but, en fait, de s'approprier l'or de la Colchide ; encore une affabulation qui semble prouver que les peuples de l'Egée et de la Méditerranée ont souvent convoité les précieuses ressources de l'Asie.

En Egypte, des légendes élaborées ne masquent pas l'*histoire* réelle. Celle-ci, pour nous, a pour seul but de pérenniser les faits rapportés, de les rendre éternels grâce à la magie des mots et des images, créateurs, porteurs de vie et qui assureront l'existence sans fin des gloires et des triomphes majeurs qu'a connus le pays. L'histoire ne raconte pas les faits en leur détail dans un souci achevé d'exactitude et de précision, elle veut immortaliser les grands moments de la vie de l'Egypte. Même si les événements sont parfois magnifiés pour en augmenter l'efficience infinie, une vérité de base, non dissimulée, commande le récit. Quant aux *légendes,* elles concernent, en Egypte, la création du monde, la vie des dieux, aventures imaginaires dont le sens, souvent, est philosophique ou religieux ; notre esprit nous porte vers la transfiguration du monde naturel au moyen de grandes images mythiques, sensibles, de l'univers, mais ayant fréquemment pour origine des faits d'observation. Nous sommes des poètes et des magiciens esthètes. Nous sommes aussi de merveilleux conteurs, sachant relater les aventures et les odyssées personnelles des hommes, même les plus humbles, ou les « tours » de la magie ; le peuple aime à les écouter le soir, assis sur le pas des portes, le temps du repos étant venu.

La ville de Troie fut donc investie par la flotte achéenne. Le siège durera une dizaine d'années, au terme desquelles la puissante cité sera détruite ; mais les Achéens avaient subi de lourdes pertes. Quelques-uns des acteurs de cette expédition seront ensuite poussés par les vents jusqu'au pays d'Egypte, l'Egypte fort admirée par ces populations lointaines pour qui chaque maison de la vallée du Nil renfermait des trésors, notamment à Thèbes, qu'ils appelaient la ville aux cent portes, tant était grand le nombre des temples et des monuments qui recouvraient son sol, s'imbriquant en un immense dédale sacré. Ainsi, Menelas, à la tête de cinq vaisseaux, sera poussé vers l'Egypte par les vents venus du Nord ; il croisera sur le Nil, faisant son plein d'or et de provisions ; un marchand de Thèbes — me sera-t-il dit — lui donnera deux baignoires d'argent, deux trépieds en or et dix talents d'or ; à Hélène, qu'il ramenait, on donnera une quenouille d'or et une corbeille d'argent aux bords de vermeil. Pour repartir vers Argos, il fallut que Menelas attende vingt jours dans le port de Pharos, sur la côte occidentale du Delta, pour trouver des vents favorables ; peut-être les dieux de l'Egypte n'étaient-ils pas propices à ce couple désuni. Ulysse, le roi d'Ithaque[55], abordera aussi en Egypte à son retour de Troie ; il demeurera sept ans dans le pays, y amassant de grands biens et manifestant sa reconnaissance envers la générosité du peuple de la Vallée.

J'ai souvent songé au fragile équilibre politique du monde, à la rivalité des Etats, au sort des peuples entraînés dans la tourmente par la volonté des princes. Certes, je suis un soldat, j'aime l'armée, sa cohésion dans l'union des guerriers, sa nécessaire discipline ; je peux me battre avec héroïsme ; mais, les armes reposées, je goûte aussi la fraîcheur, la plénitude tranquille de la paix, lorsque les hommes connaissent le repos et le plaisir d'une vie sans violence, semblable par sa douceur à une planche bien lisse[56], dans le simple accomplissement des tâches quotidiennes. L'existence en Egypte est bonne, c'est là un privilège que nous ont accordé les dieux ; chaque aube nouvelle est une joie, une source de vie renouvelée, que nous donne Amon-Rê. Je l'ai servi, écoutant ses conseils, le remerciant en son temple de tous ses bienfaits. Maintenant je le suis toujours, partout où mes yeux affaiblis par l'âge peuvent encore voir sa face sacrée.

Mais, un an après Kadesh, alors que j'avais atteint ma trente et unième année (la sixième de mon règne), je devais gagner cette paix désirée, en mettant fin définitivement aux intrigues et aux ambitions du roi du Hatti et en demeurant vigilant à l'égard d'autres puissances dont l'ascension politique pouvait être menaçante. Le duel allait être long, mais la tranquillité de l'Egypte et sa prospérité en étaient le prix. J'allais ainsi mener de front, pendant douze ans, les guerres et les recherches d'alliance, pour sauvegarder mon peuple et créer le grand Empire unifié dont je rêvais depuis mon enfance.

Je reconquiers l'Empire d'Asie et d'Afrique

J'avais gagné le combat à Kadesh, Mouwattali avait reconnu sa défaite et imploré la paix, et chacun de nous alors s'était retiré dans son pays. Mais le Hatti conservait la citadelle qui n'avait pas été investie par mon armée, et reprenait rapidement le royaume d'Amourrou ; s'attachant aussi à détruire l'hégémonie égyptienne établie au sud de l'Oronte, il occupait Damas et la province avoisinante, jusque-là sous tutelle égyptienne, et en confiait l'administration à son frère Hattousili. Mais les dieux veillaient sur l'Egypte : à ce moment, alors que Mouwattali pensait continuer sa marche en Syrie, plus avant vers le Sud, s'attaquant aux intérêts égyptiens, à ce moment, Adad-Nirari, le roi d'Assyrie, pénétra en Mitanni sans rencontrer de véritable résistance : la puissance ancienne du royaume ayant été fort affaiblie sous la vassalité hittite ; il s'empara presque sans coup férir de la province d'Hanigalbat ; le royaume assyrien s'étendait désormais jusqu'à l'Euphrate, menaçant directement le Hatti, qui perdait à l'Est son bouclier mitannien. Le danger était grand et Mouwattali avec son armée revint dans sa capitale, d'autant que des troubles survenus à l'intérieur de son Etat risquaient d'entraîner de lourdes conséquences : les populations Gasga [57], qui vivaient dans le nord du royaume, se révoltèrent à nouveau, comme elles l'avaient déjà fait auparavant : c'était à l'époque de l'intronisation de mon grand-père ; elles s'étaient même emparées alors de la capitale Hattousa. Pour faire face à ces difficultés nouvelles, le prince hittite dut abandonner momentanément ses projets d'expansion en Syrie.

Mais, fidèle à son souci d'amoindrir la puissance égyptienne, il fomenta une révolte en Canaan, selon une tactique qu'il avait déjà utilisée au début du règne de mon père Sethi ; encouragés et sans doute stipendiés par lui, les bédouins Shasou se livrèrent à de nombreux pillages dans la région. J'allai donc pacifier Canaan, reprenant aisément les places fortes rebelles ; je repoussai les Shasou vers l'Est et le pays fut de nouveau, sans grands problèmes, sous ma domination. L'année suivante (en l'an 7), j'appris que deux nouveaux royaumes, constitués respectivement à l'est et au sud de la mer Morte, Moab et Edom, refusaient de reconnaître la suzeraineté égyptienne ; je dressai un plan stratégique habile qui devait me permettre d'encercler les deux royaumes et d'enfermer les adversaires au cœur de mon armée, en les isolant ainsi d'éventuels secours venus de l'Est ou du Nord. Je plaçai une partie de l'expédition sous le commandement de mon fils aîné Amonherkhepeshef ; on l'avait appelé à sa naissance Amonherounemef, mais il avait préféré ce nouveau nom, d'assonance plus guerrière [58] ; selon mes directives, il se dirigea vers l'Edom à travers le désert oriental ; traversant les collines du Neguev, il parvint au sud de la mer Morte et traversa le royaume édomite en soumettant, sans grande difficulté, les places ennemies ; il marcha ensuite vers le Nord, vers Moab. De mon côté, venant par les chemins d'Horus avec l'autre part de l'armée, je franchis sans encombre Canaan, traversai Jérusalem, puis le Jourdain, dépassai Jericho et me dirigeai vers l'extrémité septentrionnale de la mer Morte, au nord du royaume de Moab ; j'amenai vite à raison plusieurs citadelles moabites, notamment celle de Dibon, puis redescendis vers le Sud, pour rejoindre Amonherkhepeshef, refermant l'étau qui enserrait les rebelles. Tout le pays m'était à nouveau soumis. Laissant sur place mon fils à la tête d'un détachement militaire, je décidai aussitôt de me diriger avec l'armée jusqu'à Damas, et reconquis aisément la province perdue. Les efforts de Mouwattali avaient été vains, et, comme à l'accoutumée, je rejoignis Per-Ramses dans la liesse.

De ces combats divers, qui préservèrent mon Empire d'Asie jusqu'à l'Oronte, je voulais immortaliser l'existence. Je commandai aux sculpteurs de représenter, selon mes directives, le siège des places les plus importantes (dont le nom était chaque fois précisé), montrant en haut des remparts les ennemis criblés de flèches et implorant la paix de leurs bras haut levés en demande de grâce. Ces bas-reliefs d'éternité devaient figurer sur le premier pylône de mon château de millions d'années et à l'extérieur du mur est de la cour dans le temple de Louxor ; je voulus aussi que ces triomphes fussent directement placés sous la garde d'Amon-Rê, qui les avait permis, en développant leur image à l'intérieur même du temple de Karnak, dans la prestigieuse salle hypostyle, où je rêvais déjà de gloire étant enfant. Les sculptures seraient placées sur la partie sud du mur oriental, orientées vers l'Est donc, vers le lieu des combats, l'orientation jouant toujours un grand rôle dans les représentations.

La situation en Asie demeurait incertaine. Durant la huitième année de ma souveraineté, plusieurs événements importants survinrent. Mouwattali mourut, et j'appris par le service de renseignements que dirigeait mon ami Ameneminet, que des dissensions existaient à la Cour d'Hattousa pour désigner son successeur. Le choix devait se faire entre Ouri-Teshoub, son fils, né d'une concubine, et Hattousili, son frère, l'homme fort du pays, très prisé par l'armée. Je soutins, par envoyé interposé, les prétentions d'Ouri-Teshoub ; la tradition égyptienne voulait que, dans une suite dynastique, le fils succédât au père, comme Horus avait succédé à Osiris. Ce fut bien Ouri-Teshoub qui accéda d'abord au trône, prenant alors, comme son grand-père, le nom de couronnement de Moursil (le troisième du nom dans les listes royales hittites) ; méfiant à l'égard de son oncle, qui jouissait d'un grand prestige, il envoya celui-ci, avec un faible détachement militaire, au nord du royaume, sous le prétexte de surveiller les populations gasgéennes et de les discipliner ; déjà Mouwattali avait confié à Hattousili le soin de réorganiser ces marches septentrionales du pays.

Je pensais que le moment était propice pour entreprendre une nouvelle campagne en Syrie afin d'assurer ma domination impériale et d'étendre mon pouvoir sur des territoires dépendant alors du Hatti ; celui-ci, affaibli par des querelles intérieures, ne saurait opposer de véritable résistance. La saison sèche une fois venue, je me mis en route avec un corps d'armée important, traversai Canaan ; je rencontrai quelque difficulté dans le port d'Ascalon, mais j'investis la place, et le siège, rapidement mené, aboutit à la reddition de la ville. Jaffa, plus au Nord, n'opposa aucune résistance. La ville me rappelait une histoire que j'appréciais beaucoup et que j'avais entendu conter dans ma prime jeunesse ; elle faisait partie de la geste qui relatait les exploits du roi Menkheperrê Thoutmosis. L'armée égyptienne assiégeait alors Jaffa, qui était sérieusement défendue ; le siège durait. Le général Djehouty eut alors l'idée d'une ruse : il convia le prince de la ville à un festin, à la fin duquel l'ivresse fit son œuvre ; le prince, ayant manifesté le désir de voir la grande massue blanche avec laquelle traditionnellement Pharaon consacrait les prisonniers à Amon, Djehouty la fit chercher et, la présentant à son hôte, assomma celui-ci — rituellement, en quelque sorte — et le lia. Il commanda alors qu'on lui amène les deux cents paniers qu'il avait fait préparer et il fit descendre dedans deux cents soldats armés et bien pourvus de cordes. Cinq cents hommes vigoureux furent chargés de transporter ces paniers jusque sous les murs de la ville assiégée ; le charrier du prince, dûment stipendié, les accompagnait et annonça à sa souveraine qu'il ramenait Djehouty et sa famille faits prisonniers. Les portes s'ouvrirent et, naturellement, les soldats, sortant des paniers, s'emparèrent de la cité et lièrent la population ; Jaffa, attaquée de l'extérieur et de l'intérieur, dut se rendre[59]. La guerre est essentiellement certes une affaire de forces ; mais si ces forces s'équilibrent, elle requiert aussi de ceux qui la commandent habileté et intelligence. Moi-même, jeune encore, j'avais bien failli tomber dans le piège que m'avait tendu Mouwattali, à Kadesh. Je me méfiais maintenant de ce genre de ruse et saurais bien, le cas échéant, désormais, employer de tels stratagèmes propres à gagner la victoire. Rompu au métier des armes, stratège confirmé, j'apprenais aussi l'art de la guerre et de ses menées.

Je quittai Jaffa et remontai ensuite le long du rivage méditerranéen afin d'affirmer à nouveau mon pouvoir sur les ports de la côte phénicienne : Tyr, Sidon, Beyrouth, Byblos, Oullaza, Irkata, Simyra ; ces cités riches et prospères, qui jouaient un grand rôle dans le commerce international d'alors, m'accueillirent en me rendant de grands hommages. Le peuple en haut des murailles m'acclamait, des cadeaux m'étaient apportés ; l'amitié avec l'Egypte était ancienne. Je décidai alors de bifurquer vers l'Est et, franchissant le fleuve Eleuthère, je pénétrai dans les terres de Syrie du Sud sous dépendance hittite. Moursil et Hattousili, prévenus sans doute de cette nouvelle offensive, n'étaient pas en mesure de s'y opposer eux-mêmes ; l'un ne voulait pas quitter son royaume qui pouvait lui échapper en son absence, l'autre ne disposait pas des forces nécessaires pour faire la guerre. Moursil chargea l'un de ses vassaux, le prince de Karkhemish, de résister à l'avance égyptienne ; mais cette résistance ne fut pas de grande envergure. Je conquis une quinzaine de villes, des cités galiléennes et libanaises. Plus au Nord, j'assiégeai la place forte de Dapour, au nord du pays amorrite ; à deux reprises, seul à la tête de l'armée, j'attaquai la citadelle, ne consentant à revêtir une cotte de mailles que deux heures après la première charge et sur l'insistance de mes officiers. Cinq de mes fils participaient à cette expédition ; je les vis grimpant vaillamment sur des échelles jusqu'aux créneaux de la citadelle de Dapour et, à coups d'épée, pénétrant dans la ville, au milieu d'une population affolée que ses archers ne protégeaient plus. Ils se révélèrent, durant cette campagne, de vrais soldats, enfants de ma race, courageux et ardents au combat. Le destin privilégié des Ramses se perpétuerait. Dans la cité même, pour bien marquer ma souveraineté, je fis élever une statue à mon effigie. Je m'emparai ensuite de la ville de Tounip, au nord de Kadesh. Je resserrais à nouveau l'étau sur le sud de la Syrie, et ôtais toute possibilité à Kadesh et à l'Amourrou de communiquer avec les princes hittites — au moins momentanément.

Je me souviens de cette période de ma vie comme d'un temps chargé de lourdes responsabilités et marqué par une intense activité. Tout en demeurant vigilant à propos des affaires intérieures de l'Egypte, je devais d'abord, si je voulais affermir mon Empire, mener une politique étrangère résolue, me tenant étroitement informé de la situation des autres Etats, de leurs menées, de leurs ambitions, de leurs convoitises, de leurs alliances secrètes, et surtout briser les prétentions hittites. Il me fallait être présent sur tous les fronts dangereux de l'Asie, assurer mes conquêtes et les étendre ; ce souci de présence constante dans les terres annexées fut aussi, autrefois, celui des souverains Thoutmosis. Il me fallait lutter, sans grande cesse, si je voulais gagner la prospérité et une paix sûre pour mon pays.

Après la campagne de l'an 8, je laissai pendant un an les régions conquises sous la surveillance de quelques garnisons laissées sur place dans les forteresses. Il était nécessaire aussi que je m'occupe de mes possessions africaines, moins agitées certes que celles de l'Asie, mais parfois promptes à la rébellion. Je décidai alors d'une nouvelle politique sur la côte libyenne, pour maintenir en observation constante les populations de ces régions ; le long des marches désertiques du Delta, à l'Ouest, entre Memphis et la mer, j'établis de petites colonies, autant de villages d'agriculteurs et d'éleveurs, et fis ériger des temples dédiés aux dieux locaux : une barrière pacifique en marge de l'Occident. Cela me sembla encore insuffisant ; aussi je fis construire, en vue d'une surveillance défensive agissante, une série de forteresses qui s'étendaient sur trois cents kilomètres à l'ouest d'El Alamein ; elles étaient distantes d'une soixantaine de kilomètres, ce qui nécessitait, pour aller de l'une à l'autre, environ deux jours de marche, ou un jour si l'on s'y rendait en char. Ainsi, tous les mouvements de population pouvaient être observés et la riposte éventuelle serait relativement rapide. J'ai voulu que ces forteresses soient de grande taille, comportant plusieurs bâtiments et un temple, pour loger au mieux les garnisons, car j'avais toujours le souci des hommes, qu'ils soient soldats ou artisans.

En la dixième année de mon règne (cinq ans après la victoire de Kadesh), averti de difficultés en Asie, je repartis pour la Phénicie ; il fallut, dans l'arrière-pays, que je reprenne à nouveau les cités de Dapour et de Tounip qui, après mon départ, s'étaient empressées de retrouver l'alliance hittite. La conquête de Tounip ne fut pas aisée, car Moursil dépêcha quelques secours militaires au prince de la ville. Je compris alors qu'une partie de la Syrie m'échapperait, que je ne pourrais atteindre l'Euphrate — mon objectif idéal —

qu'au prix de durs combats qui causeraient de lourdes pertes à mon armée et risquaient d'entraîner des complications : que ferait l'Assyrie ? Le conflit pourrait alors se généraliser. C'est à ce moment que je décidai de m'en tenir à la situation actuelle, pour éviter des guerres meurtrières ; la frontière entre les zones sous hégémonie égyptienne et celles sous allégeance hittite devrait demeurer fixée de part et d'autre d'une « ligne » allant de la basse vallée de l'Oronte à Damas — les ports phéniciens restant sous ma tutelle jusqu'à Simyra et, peut-être, Ougarit. Il ne faut jamais forcer le destin ; un roi se doit d'être ferme, lucide, ambitieux, mais raisonnable, agissant d'abord pour le bien de son peuple. La guerre doit être courageusement menée si elle est inévitable, mais évitée dans le cas où des solutions plus pacifiques, des compromis, peuvent être trouvés, lorsque le pays n'est pas directement menacé. Les hommes d'Egypte ont toujours été épris de paix ; un texte poétique ancien décrit le paisible bonheur des jours calmes ; j'aime à me le remémorer, car il évoque les joies simples du peuple de la Vallée :

« Cela est bon, assurément, de descendre le fleuve.
Cela est bon, assurément, lorsque le filet est tendu et les oiseaux pris.
Cela est bon, assurément, quand les chemins sont faits pour la promenade.
Cela est bon, assurément, lorsque les mains des hommes construisent des pyramides et creusent des étangs et font pour les dieux des vergers.
Cela est bon, assurément, lorsque les hommes sont ivres, et qu'ils boivent, le cœur heureux.
Cela est bon, assurément, lorsque les lits sont apprêtés, lorsque le besoin de chaque homme est assuré simplement par une natte à l'ombre, la porte étant close à l'encontre de celui qui est étendu dans les buissons[60]. »

L'Empire des Thoutmosis ne pouvait être intégralement reconstitué dans l'actuelle, et nouvelle, conjoncture politique ; je m'en tiendrais donc à un équilibre raisonné des forces en présence, sauvegardant ainsi la paix de mon pays.

Je rejoignis Per-Ramses, mettant momentanément fin au duel avec le Hatti ; l'armée retrouva ses cantonnements, et nous prîmes quelque repos. J'avais au moins maintenu une part importante de l'Empire d'Asie, importante économiquement, en raison de la présence des ports phéniciens et des caravansérails des sables, comme Damas — importante aussi stratégiquement : les régions annexées en Canaan et en Syrie du Sud formaient un vaste bouclier qui couvrait l'Egypte.

Je n'engageai de campagnes militaires ensuite qu'en l'an 15 et en l'an 18 de mon règne.

En l'an 15, en effet, une révolte eut lieu au Soudan, dans le pays de Irem ; les Africains, parfois, refusaient de payer les tributs imposés par le gouvernement égyptien : comprenant blé, bétail, ivoire, or, plumes d'autruche, notamment, les ressources les plus estimées de ces régions, que les agents de mon représentant, le vice-roi des pays du Sud, étaient chargés de percevoir sous bonne escorte. Mon père, en la huitième année de sa souveraineté, avait dû châtier une semblable rébellion, au cours d'une campagne qui dura près de deux mois ; l'affaire avait été assez chaude, puisque l'un des engagements militaires avait duré pendant sept jours. Sethi avait su, avec habileté et courage, préserver l'Empire d'Afrique ; en effet, trois années après, sa domination sur ces terres méridionales s'étendait fermement jusqu'à la colline du Gebel Barkal, à la hauteur de la quatrième cataracte du Nil — point extrême jusqu'alors de l'avance égyptienne : Menkheperrê Thoutmosis l'avait atteint en l'an quarante-cinq de son règne, faisant élever sur les lieux une stèle commémorative qui y demeurait encore ; un siècle plus tard, Houy, vice-roi des pays du Sud, durant la courte souveraineté de Toutankh-amon, avait fait ériger à Napata, au pied même de la colline, un temple dédié à Amon-Rê. Lors de son retour victorieux vers le Nord, mon père, pour signifier sa victoire, fit sculpter sur la falaise qui dominait le fleuve, à Qasr Ibrim, un peu en aval de la deuxième cataracte, une longue inscription qui témoignait de la grandeur reconquise et annonçait de loin aux Soudanais, qui descendaient ou remontaient le fleuve, que la puissance de l'Egypte ne saurait être contestée sans que la peur parcoure leur pays et qu'ils encourent défaite et châtiment.

Je me souviens aussi d'avoir conduit moi-même, au temps de ma corrégence, une campagne en Basse Nubie.

Il fallait donc agir vite et faire, auprès de ces populations primitives et assez facilement effrayées, une démonstration de force ; c'est pourquoi je décidai d'aller moi-même, avec mon armée, assister le vice-roi Iouny dans sa tâche répressive. Quatre de mes fils m'accompagnèrent ; j'aimais les avoir auprès de moi et les former au combat ; l'un d'eux était Merenptah, mon treizième fils, le troisième né de Isetnefret, celui qu'actuellement, en ma vieillesse, je considère comme mon successeur, après la mort de Khaemouaset, son aîné, que je chérissais. Mes fils, âgés alors d'une vingtaine d'années, étaient de beaux adolescents, forts et courageux. Nous guerroyâmes dans le grand Sud et vînmes aisément à bout de la révolte ; les tribus africaines s'enfuyaient rapidement devant la puissante armée égyptienne. Je ramenai sept mille prisonniers, pour l'exemple ; les uns devaient servir sur les terres d'Egypte, je fis don d'un certain nombre d'entre eux au temporel d'Amon ; d'autres — les meilleurs archers notamment — furent enrôlés comme mercenaires dans l'armée.

J'ordonnai que, dans la nouvelle capitale provinciale

appelée « Ville de Ramses », à Amarah-Ouest, des scènes relatant mes triomphes fussent sculptées sur les murs du temple, ainsi que sur les murailles des portes principales de la ville, pour annoncer à tous la puissance de Pharaon et procurer aux éventuels rebelles d'utiles sujets de réflexions ; je demandai aussi aux artisans d'Abydos de représenter quelques-unes de ces scènes victorieuses sur les murs de mon temple de *ka* en cette ville, pour que ma gloire me suive jusque dans le monde de l'au-delà. Le Nil africain et ses terres étaient bien en ma main.

Mon service de renseignements m'informa alors d'événements importants qui se produisaient en Asie. Moursil régnait depuis sept ans ; il semble bien que, toujours méfiant à l'égard de son oncle Hattousili, il ait cherché à reprendre peu à peu les terres dont celui-ci avait la charge, tentant ainsi de limiter de plus en plus son pouvoir temporel. Mes envoyés m'apprenaient de graves nouvelles : Hattousili accusait Moursil de vouloir une confrontation armée ; peu de temps après, d'ailleurs, Moursil et une partie de l'armée hittite se dirigèrent vers le nord du pays pour se saisir d'Hattousili ; mais celui-ci, prévenu de ces manœuvres et fin stratège, réussit à encercler Moursil dans la ville de Samouha et le fit prisonnier. Un nouveau roi (le troisième du nom d'Hattousili dans la suite des dynasties hittites) accédait donc au trône d'Hattousa, fort bien accueilli par la population, qui prisait son courage et sa lucidité politique. Moursil reprit son nom original d'Ouri-Teshoub ; il ne fut pas tué, ni maltraité, mais exilé dans le pays de Nouhassé, au nord de la Syrie ; il était très désireux de se venger ; des messagers m'apprirent qu'il conduisait quelque intrigue avec le roi de Babylone, qui subissait alors l'ascendance assyrienne et souhaitait à son tour intervenir dans ces querelles d'Etats, en cherchant à se libérer du joug de Ninive. Il semble bien — ce sont les informations que l'on me rapporta — que Hattousili, prévenu du complot, ait envoyé, sous bonne garde, son neveu à Chypre, l'éloignant ainsi du continent ; en même temps, il jugea habile de se rapprocher lui-même du roi de Babylone, Kadashman-Tourgou, pour, finalement, s'allier avec lui, mettant fin ainsi aux prétentions de Ouri-Teshoub. Autre avantage de cette union : l'Assyrie, qui nourrissait des ambitions territoriales, était ainsi prise en tenailles entre le Hatti et Babylone et cela était fort important dans la conjoncture du moment ; l'affaire avait été intelligemment menée. Mais Ouri-Teshoub parvint à s'échapper et me fit demander asile ; je résolus de l'accueillir à la Cour d'Egypte, car il pourrait constituer, dans l'avenir, un gage important ; j'avais auprès de moi désormais un prétendant légitime au trône du Hatti, ce qui me permettrait, le cas échéant, d'intervenir dans les affaires intérieures hittites ; c'est ainsi que je reçus à Per-Ramses le fils de mon vieil adversaire Mouwattali. La politique et les alliances, dans le monde d'aujourd'hui, sont choses bien changeantes, et leur mise en œuvre requiert des rois une grande lucidité, une attention vigilante et la nécessité de comprendre les problèmes en leur ensemble, selon les situations du temps. Hattousili fut naturellement préoccupé par la menace éventuelle qui pesait ainsi sur lui, il me demanda de pourvoir à l'extradition de Ouri-Teshoub, ce que je refusai. La guerre était inévitable.

En l'an 18, Babylone, prenant fait et cause pour son nouvel allié, le Hatti, décida de rompre ses relations diplomatiques avec l'Egypte et m'en informa, cependant que Hattousili mobilisait son armée ; l'Assyrie ne manifestait rien encore. Je rassemblai mes troupes et à nouveau me dirigeai vers le Nord ; je disposai mes divisions au-delà de Canaan, en Syrie du Sud, prêt à enrayer toute attaque hittite ou babylonienne ; cela se passait durant le quatrième mois de la saison de la germination[61] ; l'affaire était assez grave pour que je n'attende pas, comme à l'accoutumée, la saison sèche pour partir en campagne ; les femmes, les vieillards et les enfants feraient, cette année-là, les moissons. Les engagements armés furent à mon avantage ; à la poursuite de l'ennemi, je renouvelai mes exploits guerriers, que chantèrent encore les poètes. Le texte de l'un de ces poèmes fut sculpté sur une stèle qui fut déposée à Beth-Shan, en Galilée ; il vantait ma vaillance, ma force et mon courage, à moi qui suis un avatar des dieux en leurs aspects multiples. J'aime maintenant, en ce temps où la faiblesse physique est venue, relire, dans leur copie sur papyrus, ces phrases dont le rythme scande mes victoires et confond en une même entité multiforme les divinités et Ramses : « Lorsqu'il saisit son arc sur son char et qu'il empoigne sa flèche, il est comme une étoile au cœur des multitudes, homme fort qui fend les ennemis tombés aux marches de la terre après qu'ont été abattus leur chef et leurs armées. Sa Majesté, dans leur dos, est comme un taureau d'or, comme le faucon au cœur du ciel pour les oiselets, comme un lion sauvage dans l'étable du petit bétail, comme une flamme que l'on alimente de plantes dangereuses, tandis qu'une tempête, un ouragan, attise le feu ».

C'est alors que Hattousili dut retourner précipitamment dans son pays, car, profitant de l'engagement du roi du Hatti en Syrie, Salmanasar, le nouveau roi d'Assyrie, envahissait à nouveau le Mitanni, qu'il conquérait sans presque coup férir, et parvenait jusqu'aux portes de Karkhemish, faisant plus de quatorze mille prisonniers. Sa frontière, en sa totalité, désormais, jouxtait celle du Hatti, directement menacé par les ambitions du royaume du Tigre ; celui-ci maintenant s'étendait définitivement jusqu'à l'Euphrate.

Fidèle à ma décision d'éviter les conflits meurtriers, quand les intérêts de l'Egypte n'étaient pas directement menacés, je pris la sage décision de ne pas engager la lutte plus avant, au nord de l'Oronte, et revins à Per-Ramses. Peut-être également étais-je las de la guerre, poursuivie depuis douze ans, et l'âge venant, après mon adolescence enthousiaste et ardente, voulais-je goûter aux loisirs de la paix au cœur d'un vaste Empire affermi et paisible. Après le temps de la fougueuse jeunesse, vient celui de la raison. La suite des événements me le confirma. La sagesse doit être aussi qualité royale.

Je signe un traité de paix avec le Hatti

Il m'apparut assez vite, d'ailleurs, que Hattousili, craignant sans doute une offensive assyrienne directe sur son royaume, ait renoncé à tout conflit contre moi en Syrie et ait accepté tacitement la frontière formée par l'Oronte entre nos Etats. Les guerres nécessaires avaient été longues et meurtrières. Sans doute Hattousili, souverain ferme, courageux et raisonnable, voulut-il alors mettre fin à ces campagnes renouvelées en Syrie, qui, désormais, n'apportaient plus ni bénéfice territorial, ni intérêt supplémentaire à aucun d'entre nous deux ; une situation stable semblait acquise. Il comprit aussi que je n'avais pas l'intention de continuer à guerroyer contre lui et m'en tiendrai à maintenir l'Empire reconquis. Nous savions l'un et l'autre que si nous unissions nos forces et concluions une alliance, aucun autre Etat ne pourrait s'opposer à la formidable puissance que nos armées réunies formeraient ; nous pourrions alors assurer la paix du monde et consacrer notre richesse au bien-être de nos peuples. Je n'oubliais pas ce que m'avait enseigné mon père et ce que disaient les sages d'autrefois : le monarque doit être pour ses sujets le seigneur de la joie, dans l'harmonie et la concorde de tous et dans le respect de la souveraineté royale ; un monarque doit apporter aux hommes la fraîcheur, le pays entier étant comme une planche bien lisse, durant son règne [62].

Ce fut Hattousili qui fit le premier pas. Une intense activité diplomatique se déroula dès lors ; des messagers ne cessaient de circuler entre Hattousa et Per-Ramses, menant des négociations encore tenues secrètes. J'amendai un premier projet du roi hittite et nous poursuivîmes la rédaction précise du traité par envoyé interposé ; de grands intérêts étaient en jeu et nous devions scrupuleusement veiller à l'établissement des divers articles du pacte qui nous lierait et notamment au choix des mots qui les exposeraient, chaque terme possédant une valeur agissante ; nous devions aussi penser à l'avenir et prendre en considération les nécessités politiques et économiques du monde oriental. Ce travail, tout à la fois de compréhension et de précision, prit un assez long temps, trois années environ ; cela tenait au fait que les distances entre nos capitales étaient grandes, il fallait en effet compter un mois de voyage pour un messager particulièrement rapide, plus souvent deux mois pour une mission comportant plusieurs personnes.

Enfin, en l'an 21 de mon règne (j'avais alors quarante-six ans), l'affaire devint officielle. Le vingt et unième jour du premier mois de la saison de la germination[63], averti de l'arrivée des plénipotentiaires, je me tenais dans la grande salle de réception du palais, aux colonnes historiées et chatoyantes de couleurs ; je m'étais assis sur le grand trône d'or fin, pourvu des attributs royaux, l'uroeus étincelant à mon front, ma tête supportant la double couronne, tandis que sous mes pieds l'image sculptée des Neuf Arcs proclamait ma maîtrise sur les pays étrangers ; les Grands de l'Empire m'entouraient. On m'annonça solennellement la venue de six messagers : trois envoyés royaux égyptiens qui revenaient d'Hattousa, deux messagers hittites et le représentant de la cité de Karkhemish, Yappousili, qui portait majestueusement la tablette d'argent sur laquelle était inscrit le texte du traité que Hattousili m'adressait. Ils s'inclinèrent respectueusement devant moi, et l'on dévoila la tablette, toute brillante en son noble métal ; elle apparut couverte de caractères particuliers à la langue hittite[64] et portant en son centre, au recto comme au verso, des représentations de souverains et de dieux, qui étaient en fait la reproduction des grands sceaux royaux de l'Etat hittite. Les messagers d'Hattousili et du prince de Karkhemish résidèrent à la Cour, tandis que des scribes, experts dans la connaissance des langues étrangères, traduisaient très fidèlement le texte du traité, traduction que je vérifiais avec soin, mais qui était tout à fait conforme au texte en langue égyptienne que je possédais.

Le préambule admettait la responsabilité du Hatti et de Mouwattali dans le déclenchement de la guerre de l'an 5 ; j'avais obtenu cette reconnaissance après de longues négociations et plusieurs voyages aller et retour des messagers. Nous avions voulu aussi, Hattousili et moi, que ce texte, dans son ensemble, engage non seulement nos personnes souveraines, mais aussi celles de nos descendants ; cela éviterait à chaque changement de règne dans les deux pays, d'avoir à renouveler l'alliance — comme cela était d'usage jusqu'alors — ce qui donnerait à celle-ci plus de force et de stabilité. Nous voulions permettre que, à dater de ce jour, la paix et une heureuse fraternité existent entre nous pour toujours ; ainsi les enfants des enfants du roi hittite et les enfants de mes enfants demeureront en paix et en bonne entente ; les hostilités entre nous devaient cesser à jamais. Nous tenions beaucoup l'un et l'autre à cette résolution qui garantissait un avenir calme et sans heurts dans un univers dominé par notre puissance.

Le souverain du Hatti s'engageait à ne jamais violer les terres égyptiennes, je m'engageais à ne jamais violer les possessions hittites ; la paix était devenue nôtre à partir de ce jour et nous devions agir désormais sur la base de cet accord permanent. La « frontière » de la basse vallée de l'Oronte marquerait les limites respectives de la souveraineté des deux Etats ; Kadesh et le pays amorrite restaient sous la domination hittite ; les ports phéniciens demeuraient sous l'hégémonie égyptienne, et l'Egypte pouvait même prolonger la voie royale jusqu'à Ougarit ; ce qui faisait de mon pays une grande puissance méditerranéenne, face à la puissance économique hittite qui rayonnait sur l'Egée (et même jusqu'à Chypre), du fait de son alliance étroite avec les populations du littoral de l'Asie Mineure. Nous avions l'impression que nous nous partagions le monde, les forces politiques et commerciales étant ainsi heureusement réparties pour le bien-être de tous.

Le pacte défensif était également étroit. Il était bien précisé que si un quelconque ennemi venait à pénétrer dans mes territoires et que je demande au souverain hittite de marcher contre lui, celui-ci serait dans l'obligation de venir avec son armée et de massacrer mon ennemi, ou, à tout le moins, il enverrait ses troupes et ses chars pour repousser mon adversaire. J'agirais de même envers lui s'il m'appelait à l'aide. Nous assumerions ainsi une lutte commune contre les envahisseurs ou les rebelles. Cette clause devait faire réfléchir l'Assyrie et mettre momentanément un terme à ses ambitions.

Un article important du traité prévoyait le sort des réfugiés politiques, leur extradition possible et leur amnistie requise. Nous avions, en nous écrivant, longuement discuté de cet article, qui concernait notamment le sort à venir d'Ouri-Teshoub, nous nous étions entendu sur la rédaction suivante : « Si un Egyptien, ou deux, ou trois, fuient et qu'ils cherchent asile chez le grand souverain du Hatti, alors celui-ci s'en saisira et les ramènera à Ramses-aimé-d'Amon, il ne leur sera fait aucun reproche de leur erreur, leurs maisons ne seront pas détruites, leurs femmes et leurs enfants auront la vie sauve et ils ne seront pas mis à mort. Ils n'auront à souffrir d'aucune blessure, ni aux yeux, ni aux oreilles, ni à la bouche, ni aux jambes. » La réciproque était rédigée dans les mêmes termes, prévoyant le cas où un personnage hittite viendrait à se réfugier à la Cour d'Egypte. En dépit de la susceptibilité personnelle de Hattousili, de son désir de se venger, sa volonté d'assurer une détente internationale l'emporta et Ouri-Teshoub demeura à Per-Ramses. Un roi doit faire taire ses rancunes au nom d'un intérêt général bien compris. Je crois, d'ailleurs, que si la requête d'extradition de Ouri-Teshoub m'avait été présentée à nouveau, j'aurais eu grande peine à renvoyer cet hôte privilégié. Nous avions, l'un et l'autre, apporté ainsi à la paix des peuples un gage majeur.

L'ensemble de ce traité fut placé sous la garantie des dieux et des déesses des deux Etats, suivant une formulation dont nous avions longuement discuté afin de n'omettre aucune divinité essentielle, ni aucun élément créé de l'univers naturel, pour que cette garantie soit sans failles, car elle devait assurer la pérennité de notre pacte ; je me souviens encore de ces phrases : « Quant à ces mots du contrat qu'a établi le grand souverain du Hatti avec Ramses aimé d'Amon, le grand souverain de l'Egypte, ils sont inscrits sur cette tablette d'argent. Un millier de divinités parmi les dieux et les déesses du pays du Hatti et un millier de divinités parmi les dieux et les déesses du pays d'Egypte sont témoins de ces mots : le Soleil, seigneur du ciel, la reine du ciel, les dieux maîtres du serment, les déesses maîtresses de la terre, Ishtar, la maîtresse des montagnes et des rivières du pays du Hatti, les dieux du pays de Kizzouwatna[65], Amon, Rê, Soutekh, les dieux et les déesses des montagnes et des rivières du pays d'Egypte, le ciel, la terre, la grande mer, les vents, les nuages. Les mots qui sont sur cette tablette d'argent sont pour le pays du Hatti et le pays d'Egypte. Celui qui ne les observerait pas, un millier de dieux du pays du Hatti et un millier de dieux du pays d'Egypte détruiraient sa maison, son pays, ses sujets. Quant à celui qui observera les mots qui sont sur cette tablette d'argent, qu'il soit du Hatti ou de l'Egypte, et qui ne les négligera pas, un millier de dieux du pays du Hatti et un millier de dieux du pays d'Egypte feront en sorte qu'il soit prospère et feront en sorte qu'il vive avec sa maisonnée, ses enfants, ses sujets. »

Le pacte fut établi en deux versions semblables rédigées chacune dans la langue du pays signataire, la version égyptienne citant toujours le pays d'Egypte avant celui du Hatti et vice versa — suivant les règles du protocole d'alors. Un pacte qui, aux yeux des hommes et des rois, ne saurait être transgressé sans entraîner la colère des dieux et celle de la nature universelle ; l'alliance égypto-hittite faisait donc désormais partie de l'ordre du monde, la vie des hommes et des rois comme la stabilité de l'univers étant étroitement mêlées à la vie des divinités, en un tout indissociable. La politique et la religion ne sont pas, dans notre pensée, des concepts totalement distincts, mais constituent les éléments essentiels et complémentaires de la vie d'un pays, unis dans la recherche d'une heureuse gestion des peuples. Les croyances religieuses et la monarchie ont de tout temps été très liées en Egypte ; ne suis-je pas moi-même d'essence divine ? Ne retrouverai-je pas un jour mes frères les dieux dans un au-delà d'éternité ? N'est-il pas naturel alors que ceux-ci soient associés aux décisions importantes prises pour la vie de l'Etat, durant le séjour des rois sur la terre ? Les divinités sont en tous lieux les grands maîtres des actions humaines, leurs inspirateurs et leurs garants.

Une mission diplomatique spéciale fut dépêchée par mes soins à Hattousa, pour remettre au souverain hittite l'exemplaire du traité, rédigé en langue égyptienne, et contenant mon engagement personnel et celui de mes descendants en faveur de la paix ; Hattousili le déposa au pied d'une statue du dieu Teshoub ; il le fit également recopier sur des tablettes d'argile placées dans les archives officielles du Hatti [66].

Quant au texte hittite, il fut placé, au cours d'une cérémonie solennelle à laquelle j'assistais, au pied d'une statue du dieu solaire, à Heliopolis. Les divinités veilleraient ainsi concrètement sur les serments échangés. Etant donné l'importance de ce document, j'ordonnai que sa traduction égyptienne fût sculptée sur les murs de plusieurs temples, ce qui constituerait un nouvel engagement divin dans le processus politique. Il fut reproduit sur l'aile orientale d'un pylône de Karnak [67]. Sa copie en Nubie et au Soudan était utile aussi, qui apporterait aux peuples soumis une preuve supplémentaire de la formidable puissance que je détenais désormais ; dans le temple d'Amarah, le texte fut reproduit sur les murs de la cour extérieure ; il serait également sculpté sur la façade même d'un grand et majestueux sanctuaire encore en construction, et qui commençait à s'élever à Abou Simbel, au niveau de la deuxième cataracte du Nil. En Egypte, les temples sont les supports essentiels et magiques des grands événements de l'Etat, de leur relation ou de leur description ; les dieux ainsi participent à la vie de l'Empire. Textes et images constituent de grandes archives lapidaires, doublant en quelque sorte le service de l'administration centrale, dans une dimension majeure, avec une valeur sacralisée. Les Egyptiens aiment à magnifier.

Selon la tradition hittite, le texte du traité fut signé également par la reine Poudouhepa, fille d'un prêtre de la déesse Ishtar ; elle apposa son sceau à côté de celui de son époux Hattousili. Je n'avais d'ailleurs pas manqué, connaissant les usages de ce pays, de lui adresser, un peu avant la conclusion officielle de l'accord, une lettre rédigée en des termes semblables à ceux que j'avais adressés au souverain. La reine jouait en effet au Hatti un rôle politique et religieux qu'elle ne possédait pas dans d'autres pays ; elle est une personnalité éminente du royaume ; je jugeai utile de l'associer à nos démarches, suivant une diplomatie courtoise. Une politique bien menée doit tenir compte des mœurs et des coutumes des autres Etats, qu'un monarque averti doit connaître. Dans mon enfance, déjà, mon père me l'avait appris et mon précepteur m'avait enseigné les usages étrangers.

L'affaire fit grand bruit dans le monde oriental ; durant le long temps de la préparation et des échanges épistolaires, des rumeurs commençaient à se répandre sur un accord possible entre l'Egypte et le Hatti, rumeurs rapidement colportées par les marchands, les commerçants et les voyageurs qui circulaient sur les routes de l'Asie. Après la conclusion officielle de l'union, Hattousili et moi en avisâmes l'ensemble des Etats avec lesquels nous entretenions des relations diplomatiques, afin que l'on sache bien que cet accord serait durable et que nous n'entendions ni l'un ni l'autre le transgresser ; dans les messages que j'adressai aux princes d'Asie, je m'engageai fermement à respecter mon serment et à ne jamais le violer, bien décidé à garantir cet heureux statut de fraternité et de paix. Hattousili, de son côté, m'envoya copie d'une lettre qu'il avait adressée au roi de Babylone, son allié ; la formulation était sans ambiguïté ; je viens de la relire dans notre service d'archives, avant de la transcrire dans ce passage de mes Mémoires, afin que soit bien comprise par la suite la solidité de notre entente : « En ce qui concerne l'accord avec le roi d'Egypte au sujet duquel mon frère m'écrit, j'écris à mon frère ce qui suit. Le roi d'Egypte et moi nous avons fait alliance et nous sommes devenus des frères et nous nous sommes dit : Nous sommes frères, et c'est pourquoi nous serons tous deux ennemis d'un ennemi de chacun de nous, et nous serons amis d'un ami de chacun de nous. » Le bloc que nous formions était bien soudé et sans faille, sûr garant de la paix enfin revenue.

De grandes festivités eurent lieu dans nos deux pays,

accompagnées de sacrifices aux divinités qui avaient permis l'heureux développement des affaires et leur bénéfique conclusion ; le trésor d'Amon s'enrichit de mes dons. Nous échangeâmes des lettres de félicitations et des cadeaux. Des messagers, sans relâche, sur les routes des bords de mer, des montagnes ou des déserts, transmettaient des missives ; jamais non plus l'activité diplomatique de nos ambassadeurs n'avait été plus grande. Nefertari, qui était toujours ma première épouse et la plus chérie, reçut une lettre de Poudouhepa, qui lui fut diligemment traduite par les scribes des Affaires étrangères de Per-Ramses ; aidée par le maître du protocole, elle adressa une réponse à sa « sœur », insistant sur l'amitié et les bonnes relations qui existaient désormais entre elles ; la mission, porteuse du message, remit également à sa destinataire de riches cadeaux : des bijoux, de fines étoffes, des vêtements royaux. Le prince héritier d'alors, mon fils aîné, Setherkhepeshef, dépêcha aussi des présents à son « père », le roi hittite. Les liens entre nous ne devaient pas être seulement le fait d'une convention politique rigide et contraignante, mais, pour être plus étroits et plus vivants, devaient être considérés comme ceux d'une même famille — l'union familiale ayant plus grande signification, plus profonde et plus sûre, que l'alliance des Etats. Ainsi pensons-nous dans le monde d'aujourd'hui, où les valeurs humaines sont considérées comme primordiales.

Certes, comme dans toute *famille*, des susceptibilités se manifestèrent parfois, dues à des considérations politiques, mais qui demeurèrent sans conséquences réelles.

Evidemment, les petites principautés, pour conserver leur indépendance et ne pas être peu à peu absorbées par les deux Grands, tentèrent de semer le trouble dans nos rapports. Ainsi le roi de Mira, en Asie Mineure, m'écrivit, s'inquiétant, disait-il, du sort d'Ouri-Teshoub, élément éventuel de discorde entre Hattousili et moi; je lui répondis une lettre brève, volontairement sèche, rappelant les bonnes relations de fraternité et de paix existant désormais entre l'Egypte et le Hatti.

Une initiative aussi que je pris alors sembla contrarier Hattousili; je décidai de reprendre mes relations diplomatiques avec Babylone, ce qui n'était pas contraire aux engagements conclus dans le traité, puisque le royaume de l'Euphrate était déjà l'allié des Hittites; mais Hattousili pensa, sans doute, que je cherchais à distendre, à mon profit, les liens qui les unissaient depuis plusieurs années. Certes une amitié avec la riche Babylone était de mon intérêt, d'autant que celle-ci entretenait des relations avec l'Assyrie qui menaçait maintenant directement la frontière du Hatti; une entente éventuelle égypto-assyro-babylonienne pourrait nuire à la puissance hittite tout en renforçant ma situation politique éminente, au détriment du Hatti. L'ambassadeur d'Egypte à la Cour de Babylone reçut de ma part des consignes pour mener une diplomatie tenue secrète; je tentai l'expérience, mais ne voulus pas finalement la pousser à son terme, car l'union avec le Hatti demeurait capitale. Hattousili, en effet, prit ombrage lorsque, à l'avènement de Kadashman-Enlil (le deuxième du nom dans la suite des rois de Babylone), les relations égypto-babyloniennes furent renouées, grâce à l'influence dominante du Premier ministre babylonien, Itti-Mardouk-Balatou, qui était anti-hittite et pro-assyrien, et qu'un rapprochement avec moi comblait d'aise. A la lettre de protestation d'Hattousili, je répondis en prétextant ma bonne foi et en l'assurant de mon désir constant de maintenir notre heureuse fraternité; l'affaire en resta là, et je n'engageai donc pas plus avant les démarches. Mais j'avais assuré, en faveur de ma politique étrangère, un ferme point d'appui à Babylone. Les armes étaient déposées, la diplomatie prenait le relais, une diplomatie savante, mêlant les discussions, les palabres et les intrigues secrètes, poursuivies sous la tente des princes du désert ou dans les couloirs et les chambres des palais.

Quelques petites querelles épistolaires aussi, dans un monde où le choix des *mots* doit êre judicieux et longuement réfléchi, car il engage la réalité profonde des paroles émises. Ainsi Hattousili m'écrivit que, dans la dernière lettre que je lui avais adressée, j'avais employé des termes semblant indiquer que je le considérais comme mon sujet. Je lui répondis qu'il était toujours mon frère, qu'il demeurait le grand roi du Hatti, que je prêtais beaucoup d'attention aux choses importantes qu'il avait accomplies dans tous les pays, et qu'il proférait à mon encontre des mots déraisonnables. L'affaire en resta là.

Nos rapports, en fait, furent heureux et bénéfiques. Des échanges nombreux, et de tous ordres, eurent désormais lieu entre nos deux Etats. Ainsi, à la demande d'Hattousili, j'envoyai au Hatti un architecte égyptien, Perimakhou, accompagné de quelques maîtres d'œuvre expérimentés, afin de construire le palais d'un prince vassal dépendant de l'obédience hittite. On admire beaucoup, dans le monde, la grandeur et la majesté de nos constructions, l'efficience de nos techniques, la beauté sensible de notre art. On veut imiter notre savoir-faire, mais sans pouvoir atteindre à la maîtrise acquise, depuis des millénaires, par nos artisans. Un autre domaine, où la suprématie de l'Egypte est reconnue, est celui de la médecine. Notre renommée, à ce sujet, est grande dans le monde oriental, depuis que Imhotep, ministre du roi Djoser, voici mille cinq cents ans, eut assuré, par ses écrits et ses cures miraculeuses, sa réputation de guérisseur émérite ; depuis on venait de partout pour consulter les médecins égyptiens : de Phénicie, de Syrie, de Grèce. Toujours à la demande d'Hattousili, je dépêchai à la Cour d'Hattousa des médecins, apportant avec eux des herbes choisies, capables de guérir toutes sortes de maladies et dont les Hittites apprendraient ainsi à connaître le pouvoir salvateur.

L'Egypte est reconnue dans le monde comme le domaine privilégié de l'art et de la culture, de la science aussi. Nous exportions, en quelque sorte, notre talent, notre sensibilité et notre esprit, toutes qualités majeures que les dieux avaient données à mon peuple.

Nous échangeâmes aussi nos ressources en métaux précieux ou utiles. J'envoyai à Hattousili l'or qu'il me réclamait et que je possédais en abondance, venant de Nubie ou de mes mines du Sinai. Je lui réclamais du fer, de plus en plus employé dans la fabrication des armes et qui manquait à notre industrie ; je savais que les souverains du Hatti en constituaient des réserves dans le royaume du Kizzouwatna, leur allié ; le minerai y était raffiné et des ateliers d'armes royaux y étaient établis.

Ainsi demeura la paix dans un univers politique que l'Egypte et le Hatti, réunis, dominaient et dont l'alliance maintenue créait une prospérité économique sans égale.

Je réalise enfin mon rêve d'un vaste Empire unifié politiquement et spirituellement

La sérénité et le calme des temps, après les batailles inévitables, allaient me permettre alors de créer ce dont je rêvais depuis mon enfance, tandis que j'écoutais mon père me parler : un ensemble impérial de territoires indivis, liés par des intérêts politiques et surtout par des croyances religieuses communes. Un grand Empire unifié, dont l'Egypte serait le centre, et qui, depuis le Soudan et la quatrième cataracte du Nil, s'étendrait jusqu'à l'Oronte, depuis la limite des vents jusqu'à la mer Très Verte. Au sein de ce vaste Empire se mêleront indifféremment les peuples de toutes races et de toutes origines pour la gloire du Pays bien-aimé et de son maître, Pharaon ; cette grande unité de peuples et de terres sera liée par une cohésion spirituelle et religieuse recherchée et soigneusement élaborée.

Cette union devra être réalisée entre des possessions impériales diverses dont l'Egypte constituera le lien et possédera la maîtrise : en premier, les terres africaines, Nubie et Soudan, prolongement géographique du pays égyptien autour de la vallée du grand fleuve, et que nous considérons toujours comme une dépendance naturelle. Notre influence civilisatrice avait été forte sur ces populations qui vivaient encore pour la plupart à l'état tribal, même si de petites confédérations locales formées par des alliances entre tribus existaient ici et là, ainsi qu'avait déjà pu le constater l'explorateur Hirkhouf, voici plus de mille ans; mais ce mouvement vers l'unité fut constamment freiné par le souci de conserver les pratiques locales et les usages ancestraux de chaque groupe ethnique. Certes le terroir égyptien était trop proche, les voyages au long du Nil trop anciens, pour ne pas entraîner peu à peu des échanges entre les pensées religieuses et des rapprochements spirituels. Mais je pense que jamais l'Afrique ne pourra constituer un ensemble de nations véritablement homogène et sans heurts; chaque clan est attaché à ses mœurs coutumières, à l'influence exercée par certaines familles dominantes, surtout à ses pratiques magiques; or, qui changerait un geste, une attitude consacrés pourrait changer le monde et entraîner des catastrophes. L'Afrique des peuples noirs est un pays de grands sorciers. L'équilibre, pour ces Africains, est conséquence de l'immuable local et non d'un développement d'ensemble progressif et unificateur. Certes la magie joue chez nous, dans notre vie de tous les jours, une place importante; je me souviens des contes de mon enfance qui relataient les tours merveilleux effectués par les prêtres-lecteurs, savants capteurs des forces surnaturelles. Mais, en Egypte, la magie n'interfère pas avec le développement politique, comme dans tout pays de haute civilisation.

Autre domaine de l'Empire : les terres asiatiques, qui s'étendaient longuement depuis le Sinaï jusqu'à l'Oronte. L'ensemble asiatique comprenait des populations fort diverses, d'un niveau intellectuel très élevé, souvent, dans les villes, mais qui, parfois aussi, dans les déserts, vivaient encore sans cohésion véritable. L'arrière-pays de Canaan, comme la haute péninsule du Sinaï, était le lieu de parcours de nomades vivant sous la tente, subsistant grâce aux razzias et aux pillages; mais le front de mer cananéen présentait des ports importants tels Gaza, Ascalon et Jaffa. La Phénicie, la

Syrie, le Liban — les cités-Etats des bords de la Méditerranée comme les citadelles des sables — étaient des pays de grande civilisation et de haute culture ; la proximité de la mer avait mis très tôt ces populations en contact avec d'autres régions du monde et leur avait permis d'évoluer plus rapidement ; tandis que les caravanes passagères les mettaient en relation avec les pays de l'Est, Babylone et Ninive notamment, qui apportèrent leur contribution religieuse, artistique et scientifique au développement intellectuel de l'Asie occidentale. Seul, l'arrière-pays syro-libanais, le Retenou, était encore occupé par des campements de nomades. On vénérait dans l'ensemble de ces terres de puissantes personnalités divines : Baal, grand dieu de l'orage et protecteur de la navigation, était le lien spirituel de ces peuples divers ; Adonis également, dont la légende était proche de celle d'Osiris, et dont la fête au printemps donnait lieu, à Byblos entre autres, à de grandes panégyries. Formé de peuples divers et de toutes races, suivant des modes de vie différents — organisations tribales, nomadisme, constitutions étatiques gérées par des princes héréditaires dans les cités — mon Empire était un grand domaine morcelé dont je voulais m'attacher à lier les éléments de diverses façons, afin de créer un vaste Etat, sans pareil, dont je serais le maître.

Il m'était toujours apparu que si le lien politique qui unissait ces peuples à l'Egypte était le résultat d'alliances et de conventions, par contre l'union spirituelle pouvait devenir primordiale et assurer l'Empire. Seule l'unité des croyances religieuses permettrait de fonder un ensemble unique, « soudé » et véritablement universel, le spirituel pour nous dominant le temporel. Dans toutes ces diverses régions, les dieux vénérés ne sont-ils pas les manifestations des forces du monde ? Seuls leurs noms diffèrent, mais leur valeur profonde est le résultat de réflexions identiques, ici et là, sur les phénomènes naturels et les puissances supérieures qui nous mènent de la vie à la mort et jusque dans l'au-delà.

Je voulus d'abord donner un centre géographique à mon Empire : Thèbes était trop éloignée de l'Asie. Aussi, dès mes premières années de règne, je décidai donc, après une réflexion raisonnable, de bâtir une ville, à égale distance de l'Afrique et de l'Asie, un peu plus proche peut-être de l'Asie, qui comprenait les Etats les plus évolués et sur la vassalité desquels il fallait constamment veiller ; c'était aussi d'Asie qu'étaient venues, six siècles auparavant, les redoutables invasions des cruels Hyksos ; désormais la résistance aux éventuels envahisseurs pourrait être aisément organisée dans une nouvelle capitale plus « nordique », proche de la frontière même du pays, ce qui éviterait les destructions et les ruines à l'intérieur de nos terres. Je voulais faire de la nouvelle capitale une vaste agglomération avec villas et jardins, bâtiments administratifs et temples ; là seraient cantonnées les divisions de l'armée de terre et la marine, proches des terrains d'opérations asiatiques, les plus actifs. Je choisis donc dans la partie orientale du Delta, dans la région de Tanis, le site déjà élu par mon grand-père, qui y avait fait construire un palais d'été, où mon père également avait résidé et y avait trouvé la mort ; ce site était proche aussi des sources originelles de notre famille. Mon choix était lucide et se révéla heureux : Per-Ramses était entourée à l'Ouest et au Nord par les Eaux-de-Rê, l'une des branches orientales du Nil, au Sud et à l'Est par un canal : les Eaux-d'Avaris ; ainsi une défense naturelle entourait la cité. Au Sud, le port, facile d'accès depuis la Méditerranée, permettait l'ancrage des navires. Les cantonnements militaires étaient répartis aux quatre points cardinaux, prêts à assurer une éventuelle défense, d'où que vînt le danger. Vers le Nord-Ouest étaient le palais royal, que j'agrandis considérablement, et les résidences officielles. Leur faisant suite, au Sud-Ouest, le quartier des artisans, le reste de la ville s'échelonnant au Sud et à l'Est. Le soleil brille dans les deux horizons de la grande cité et il se repose en elle. Les hommes abandonnent leur demeure et viennent s'établir sur son territoire. Le pays vient vers cette place. Dans la fraîcheur et l'humidité du delta du fleuve, la terre était fertile, et la vie agréable ; les champs regorgeaient de toutes sortes de bons produits, les canaux étaient pleins de poissons et les étangs d'oiseaux ; les prairies abondaient en herbages verdoyants, qui atteignaient jusqu'à une coudée et demie de hauteur ; les fruits avaient le goût du miel. Les greniers étaient emplis d'orge et d'épeautre, les oignons et les poireaux s'amassaient ; les fleurs dans les jardins étaient innombrables, ainsi que les grenades, les pommes, les olives et les figues dans les vergers. Les poissons rouges du lac de la Résidence nageaient parmi les lotus. Ainsi la nourriture ne manquait jamais dans la ville, pour le bonheur du peuple comme des Grands. Les jeunes gens de la cité étaient chaque jour en habit de fête ; l'huile d'olive douce était répandue sur leur tête ; ils se tenaient debout à côté de leurs portes, portant en leurs mains des fleurs. La renommée de Per-Ramses fut aussitôt très grande en Orient, sa facilité de vie attirait les hommes de partout. Elle devint rapidement — ce que j'avais voulu — une riche cité cosmopolite, où Africains et Asiatiques, venus de toutes les régions du monde oriental et méridional, se retrouvaient et se mêlaient ; on y parlait des langues diverses, on y troquait des marchandises, on y échangeait des idées ; des pensées d'origines diverses se confrontaient. Per-Ramses était bien le cœur de mon Empire, tandis que dans mon palais, semblable aux deux horizons du ciel, je vivais tel un dieu ; je régnais, moi, l'égal du Soleil, dans ma résidence conçue comme le lieu de parcours de la divinité radieuse.

L'Empire possédait donc, grâce à mes efforts raisonnés, une nouvelle capitale remarquablement active, le centre rayonnant d'un vaste monde, et divers, dont la ville et le gouvernement qui y résidait assuraient la cohésion matérielle, tandis que je garantissais la coordination des Etats.

Mais le lien essentiel qui assurerait définitivement l'unité de cet Empire, qui rapprocherait les peuples en un même sentiment d'appartenance, était d'ordre spirituel. Les croyances religieuses, la vénération des puissances divines émanées de la nature et résultant de l'observation du monde et de ses phénomènes, devaient unir les hommes plus que les traités. Le spirituel, le cœur et la pensée, sont de grandes forces, le moteur de l'univers. Qui donne puissance aux valeurs matérielles condamne l'esprit ; cela est contraire à notre réflexion profonde et à nos règles de bien-vivre. « Dieu magnifiera le nom de qui agit pour lui, et l'homme en sera comme ivre de bonheur », disait le sage Anii. Il fallait créer une religion impériale, qui constituerait le ciment des peuples et des terres — véritable religion universelle où les cultes se fondraient harmonieusement, dans la tolérance et le respect des idéologies de chacun, assemblées et unies en un vaste panthéon.

Naturellement tolérants, mes prédécesseurs avaient déjà admis que soit célébré en Egypte le culte de divinités adorées dans les pays sous tutelle. Cet accueil devait être pour moi une règle délibérée et une recherche volontaire. Je voulus que les temples de Per-Ramses, notamment, portassent témoignage de ce souci d'universalité des croyances. A l'ouest de la ville, tourné vers l'Egypte, je fis ériger un sanctuaire dédié à Amon, le plus éminent de nos dieux, originaire de Haute Egypte. A l'Est, orienté vers l'Asie, je fis construire un temple pour Ishtar (que nous appelons Anat en Egypte), la grande déesse céleste, à valeur guerrière parfois, vénérée dans toute l'Asie antérieure, tant à Akkad qu'à Assour, à Ninive ou à Babylone ; elle fut incluse dans la mythologie égyptienne et reconnue comme fille de Rê, parfois fille de Ptah ou compagne de Seth, suivant que l'on considérait l'un ou l'autre de ses deux caractères essentiels ; elle fut parfois encore confondue avec Hathor, en son rôle de nourrice du jeune enfant royal ; elle est en fait associée à beaucoup de divinités égyptiennes d'importance. Encourageant personnellement cette extrême fusion des idées, j'appelais Bentanat[68] l'une des filles que m'avait données Isetnefret. Au nord de Per-Ramses, un temple fut bâti pour Ouadjit, la déesse tutélaire de la Basse Egypte, au nord du pays. Au Sud, un sanctuaire fut dédié à Soutekh, autre divinité guerrière dont le culte était répandu dans toute l'Asie, et qui fut assimilée à Seth. Ainsi, aux quatre points cardinaux, sur la périphérie de la capitale, les présences sacrées, conjointes, de divinités égyptiennes et asiatiques proclamaient l'unité religieuse nouvelle. Deux couples de dieux, les uns représentant l'Egypte en sa totalité spatiale, les autres dénonçant la puissance des Etats de l'Asie, désormais amis. Un ensemble de relations, une complémentarité que j'avais judicieusement choisie en tous ses éléments, pour satisfaire le besoin fondamental d'harmonie et d'heureux équilibre inhérent à notre pensée, dans tous les domaines.

A l'intérieur de la ville, des chapelles furent consacrées à d'autres divinités vénérées dans les territoires de l'Empire situés au nord de l'Egypte. Le culte de Baal avait été introduit dans le pays dès le règne de Âakheperourê Amenhotep, amené par des ouvriers étrangers venus travailler dans les chantiers navals de Memphis ; on l'adora d'abord à Perou-Nefer, le port de l'ancienne capitale des premiers de nos rois. A Per-Ramses, je l'associai à Seth, dans un même temple — tous deux étant la personnification des phénomènes turbulents de la nature (orages, tremblements de terre) et donc du déchaînement des combats. Moi-même, lors des grandes batailles, je prenais magiquement l'aspect de Baal, afin de mieux terrifier les adversaires et d'accélérer leur fuite. Cette valeur « violente » du dieu de l'Asie n'était pas la seule ; comme Osiris il avait connu, au cours d'aventures fort semblables à celles du dieu d'Abydos, la passion et la résurrection, permettant ainsi aux éléments naturels qu'il incarnait de retrouver leurs places dans un univers équilibré, où les nuages et les pluies reviennent après le fort de l'été. Si les conséquences sont diverses dans le cas d'Osiris, qui enseigna aux hommes par son exemple les voies de la résurrection, le processus avait même valeur : le retour de phénomènes vitaux essentiels, humains ou naturels. Cette correspondance profonde fit que Baal fut rapidement compris dans le panthéon de l'Egypte.

J'accueillis volontiers les divinités ayant valeur guerrière, comme Soutekh ou Baal, et à un moindre degré Ishtar, car le culte qui leur serait rendu en Egypte devait les dissuader d'user à notre encontre d'une quelconque violence ; les rites accomplis sont un moyen de se concilier les puissances divines.

Je reçus également dans ma nouvelle capitale un dieu adoré en Canaan et au Liban, le faucon Houroun, à qui je consacrai un sanctuaire ; ce n'était pas un nouveau venu ; déjà son culte était populaire (la forme du faucon en tant que dieu étant particulièrement répandue en Egypte) sous le règne de Menkheperrê Thoutmosis ; il fut également introduit dans la région memphite par des ouvriers immigrés venus d'Asie ; Âakheperourê Amenhotep lui avait fait élever un temple près du Sphinx de Giza. Je le reçus officiellement et fis de lui aussi un dieu égyptien. Je pris plaisir à faire exécuter une statue d'un type un peu particulier ; je pris exemple sur des monuments royaux antérieurs : Khephren protégé par le faucon Horus dont les ailes enserraient, pour la préserver, la tête de Pharaon — Âakheperourê Amenhotep figuré entre les pattes de la vache divine, sous son mufle protecteur — ou encore Nebmaâtrê Amenhotep, dans une pose identique, devant le bélier d'Amon. Je me fis représenter tel un enfant accroupi, entre les pattes de l'oiseau, figuré en taille majeure ; fait unique, avec ces formes je composai une phrase-charade : Houroun était coiffé du disque solaire de *Rê*, j'étais présenté comme un enfant (*mes*), la tige de roseau que je tenais en ma main correspondait au signe phonétique *sw ;* ainsi s'inscrivait mon nom Ramses, dans une composition unissant harmonieusement et plaisamment divinités égyptiennes et asiatiques ; par l'allusion plastique, je suggérais aussi que Houroun, dans notre panthéon enrichi, pouvait jouer le même rôle protecteur de la monarchie que Horus, Hathor ou Amon. J'élaborais ainsi, de toutes sortes de façons, savantes ou plaisantes, mais toujours réfléchies, la nouvelle religion impériale dont Per-Ramses se voulait le centre.

J'admis encore, dans ma ville, le dieu Resheph, dont le culte, originaire de la ville de Mari, sur l'Euphrate, était aussi attesté à Ougarit sur les rivages phéniciens ; c'était une divinité des déserts, à valeur guerrière, portant une haute tiare conique se terminant dans le dos par deux rubans ; il fut assimilé à Seth, divinité également des étendues de sables stériles. J'encourageais cette association en faisant représenter Seth coiffé de la même tiare particulière, soulignant ainsi le fait que ces rapprochements n'étaient pas seulement la conséquence de significations apparentées, mais que certaines formes typiquement asiatiques pouvaient imprégner les dieux égyptiens, en une symbiose parfaite.

Ainsi Per-Ramses incluait en elle toutes les pensées de l'Orient ; les idéologies divines et les hommes de toutes origines se mêlaient, comme je l'avais voulu, dans la cité, reflet de l'Empire et son centre géographique et spirituel essentiel. Thèbes, la grande, l' « unificatrice », d'où étaient parties deux guerres de libération, demeurait la cité d'Amon, mais se trouvait désormais éloignée du pouvoir politique et du mouvement spirituel nouveau; elle était surtout en rapport avec l'Afrique proche.

Certes, les dieux africains sont également compris dans ce grand rassemblement des idéologies. L'adoption de Dedoun[69], notamment, est fort ancienne. A Elephantine, le dieu Khnoum formait triade avec les déesses Satis et Anoukis, d'origine africaine. Mais nos territoires méridionaux étant une simple « continuation » géographique de l'Egypte et lui appartenant donc de fait, l'union était naturelle. Il était important, dans ce cas, de souligner cette étroite relation par l'implantation, en Nubie et au Soudan, de temples dédiés aux dieux de l'Egypte — ce qui affirmait la vive dépendance de ces territoires par rapport à notre pays.

La réception en Egypte des dieux étrangers devait s'accompagner, pour compléter heureusement l'alliance spirituelle, de l'accueil des dieux égyptiens dans les terres d'Empire. Cela se fit très anciennement, car le renom et la puissance de notre pays dans le monde entraînèrent très tôt l'adoption des cultes égyptiens en Asie et en Afrique. Rê, Hathor, Ptah, Amon étaient vénérés sur tout le littoral méditerranéen; dans les temples de Byblos, voici plus de mille ans, Hathor était confondue avec Baalat, la parèdre du dieu de l'orage; déesses célestes toutes deux, elles avaient souvent même apparence et mêmes attributs. Suivant en cela l'une des plus anciennes conceptions égyptiennes de la monarchie, le prince de Byblos se faisait appeler : « fils de Rê des pays étrangers ». Amon était l'un des dieux de l'Orient asiatique. La reconnaissance de la suprématie spirituelle de l'Egypte datait de longtemps; la nouvelle politique ne fit qu'accroître l'importance de ces échanges.

En Afrique, au sud de la première cataracte, le culte d'Horus était particulièrement répandu, notamment dans les villes de Bak, de Bouhen et de Miam[70]; la présence constante, instante, de l'oiseau-faucon dans le ciel d'Afrique s'imposait à l'esprit de tous les hommes, à quelque race qu'ils appartiennent; il fut donc naturellement, aux yeux de beaucoup, le plus évident « représentant » des étendues célestes et de son hôte privilégié, donneur de lumière et de vie, le Soleil.

Je voulus surtout, tout au long du cours du fleuve, faire une œuvre constructive en élevant de nombreux et grandioses monuments — opération tout à la fois religieuse et politique. J'assurais ainsi dans le grand Sud le culte universel de nos divinités; la grandeur et la beauté des temples devaient faire ressentir profondément aux peuples noirs la puissance de l'Egypte et le prestige de Pharaon; je pensais que cette manifestation de force, tant matérielle que spirituelle, leur ferait abandonner toute idée de rébellion.

Ces constructions s'échelonnaient depuis le cœur du Soudan jusqu'à la frontière égyptienne. Je voulus qu'elles fussent plus importantes, plus denses à partir du « verrou » de la deuxième cataracte, de part et d'autre de Ouadi Halfa; ainsi au fur et à mesure que l'on remontait le cours du fleuve, les témoignages de la grandeur de l'Egypte se faisaient plus insistants; les dieux, aux sanctuaires rapprochés, couvraient le pays de leur protection.

Les divinités vénérées étaient celles qui appartenaient au plus ancien patrimoine spirituel de la vallée du Nil : tel Horus, donc, dieu africain par excellence; ou Hathor : j'élevais pour cette déesse un temple à Faras (au nord de Ouadi Halfa), un autre à Abou Simbel. Mais le dieu dont je voulais que la présence sacrée se manifeste partout était le dieu solaire, en ses différentes appellations — un dieu naturellement vénéré par l'ensemble des hommes d'Afrique.

C'était Amon à Napata, près de la quatrième cataracte du fleuve ; là je poursuivis l'œuvre de mon père, qui avait commencé d'agrandir le sanctuaire érigé au pied du Gebel Barkal par le vice-roi Houy sous le règne si bref de Toutankhamon — Amon encore à Amarah, au sud de Ouadi Halfa, où il était associé aux dieux de la cataracte, d'origine nubienne. On adora aussi Amon-Rê à Kawa (entre la troisième et la quatrième cataracte) où je fis agrandir le sanctuaire bâti par Toutankhamon sur l'emplacement de celui élevé précédemment par Nebmaâtrê Amenhotep et qui avait été détruit par Akhenaton, l'iconoclaste. A Aksha (au nord de Ouadi Halfa) les fondations du temple avaient été établies sur l'ordre de mon père, qui y avait fait aménager des chapelles secondaires dédiées à Horus de Bouhen, à Atoum, Thoth et Ptah. Amon-Rê encore était vénéré à Derr, plus au Nord : là je fis excaver la montagne où s'enfonça le sanctuaire. Plus en aval, le grand Thébain était adoré aussi dans le temple d'Amada : site ancien, restauré déjà par Sethi, après les destructions d'Akhenaton, qui avait ruiné le monument bâti par ses prédécesseurs ; Akhenaton, le prince mystique, qui avait voulu par la violence imposer sa croyance ; mais on n'arrache pas leur foi aux hommes, elle doit résulter d'un libre choix proposé et non d'une conduite brutalement assumée. La tolérance est une qualité essentielle qui permet l'entente et l'union des peuples dans la paix.

D'autres temples encore furent restaurés ou construits sur des sites nouveaux. J'utilisais tout particulièrement le plan qui consistait à établir, près du pylône d'entrée, des cours extérieures, tandis qu'un certain nombre de salles et le sanctuaire même étaient creusés dans les falaises qui bordaient le Nil, assez hautes près de la deuxième cataracte ; l'idée de cette disposition d'ensemble n'était pas absolument neuve, mais je la développai considérablement ; au « fond » du temple, à l'Ouest, le sanctuaire abritait plusieurs personnalités divines, dont les figures pouvaient être sculptées en haut ou en bas-relief ; beaucoup plus souvent leurs formes statuaires siégeaient côte à côte.

Ainsi à Ouadi es Seboua (entre la deuxième et la première cataracte) une allée de sphinx donnait accès au pylône, au long de deux cours extérieures : la première était bordée de statues de sphinx à tête humaine, selon le type égyptien ancien et traditionnel ; je voulus créer un type nouveau pour la seconde cour : celui du sphinx, animal qui présentait toujours un corps de lion, mais, qui, ici, avait tête de faucon : l'oiseau divin adoré en Egypte appartenait aussi au patrimoine spirituel de la Nubie ; ce rapprochement formel établissait un lien supplémentaire entre nos croyances, la fusion recherchée des pensées entraînant celle des formes. Six statues colossales, me représentant en majesté, furent dressées devant la façade du pylône. Après les salles creusées dans la falaise, on atteignait le sanctuaire : une niche protégeait les trois divinités auxquelles était consacré le temple : Amon, moi Ramses, Rêhorakhty, figurées en bas-relief.

A Gerf Hussein (en aval), le vice-roi Setaou devait plus tard, en l'an 45 de mon règne, ériger un temple dont le schéma d'ensemble était proche du précédent ; il était dédié à Ptah, moi Ramses, Ptahtatenen [71] et Hathor ; les quatre dieux figuraient au fond du sanctuaire.

C'est au temple nouvellement construit à Abou Simbel que j'apportai mes soins les plus vifs et toute ma vigilance. J'avais moi-même choisi le site, dans une courbe du fleuve, bordé, à cet endroit de la chaîne libyque, par des falaises élevées, majestueuses. L'ensemble de l'édifice fut creusé dans la montagne ; ainsi en avais-je décidé, pour que ce monument divin soit en complète harmonie avec la nature, formant comme un élément de celle-ci — non pas une adjonction au paysage, mais sa continuation, établissant une symbiose absolue entre la nature et les divinités, tous éléments privilégiés de la création. Je voulais que l'on érige deux temples : l'un, le plus grand, au Sud, serait dédié à Amon-Rê et à ma personne divine — l'autre, plus petit, au Nord, serait voué à Hathor et à Nefertari, mon épouse chère, avatar terrestre de la déesse céleste, comme j'étais celui du dieu de lumière, en une complémentarité parfaite. Je souhaitais ainsi établir un étroit rapport de pensée dans la conception des deux monuments, une correspondance intime entre l'univers divin et l'univers royal qui, majestueusement ici, se confondaient ; je voulus créer entre les deux monuments un monde de correspondances et de relations profondes.

Je confiai au vice-roi des pays du Sud, Iouny, le soin de matérialiser cette recherche spirituelle ; l'œuvre fut commencée dès les premières années de mon règne ; la tâche fut poursuivie ensuite par le nouveau vice-roi Hekanakht ; l'édifice fut inauguré en l'an 24. Je voulais que l'approche du temple soit majestueuse, elle le fut. Une grande façade, taillée à même la falaise, tenait lieu de pylône, précédée d'une terrasse close par une balustrade. Devant la façade, quatre statues colossales[72] étaient taillées à mon effigie et me représentaient, dieu trônant en majesté, accompagné (en taille mineure) par les personnes chères de ma famille : ma mère, ma première épouse et quelques-uns de mes enfants. L'iconographie traditionnelle fut respectée : sous les pieds de chaque colosse, l'image d'Africains et d'Asiatiques fut sculptée en bas-relief, unis dans les nœuds formés par les tiges des plantes héraldiques du sud et du nord de l'Egypte, évocation matérielle de la soumission des peuples de l'Empire.

Au-dessus de la porte, une grande figure constituait comme un « avertissement » et assurait la signification du monument : sculptée en haut-relief, se dressait une image colossale du dieu Rê, représenté comme un homme à tête de faucon. Je voulus respecter la symbolique qui assimilait l'entrée du temple au lieu du lever du soleil et aux premiers instants du jour ; dans les temples classiques, le pylône, par sa forme même, évoque l'horizon et suggère le jaillissement quotidien du dieu lumineux, qui commençait là son cycle diurne. En l'absence voulue de pylône, j'imaginai de représenter le dieu lui-même, en majesté, émergeant en quelque sorte des profondeurs de la montagne et de la nuit. Complétant cette expression de l'univers solaire, ainsi suggéré, une longue frise, sculptée en bas-relief au-dessus de la façade, figurait vingt-deux cynocéphales assis[73] adorant de leurs mains haut levées le soleil de l'aube : ces animaux, dans les forêts africaines, étaient particulièrement remarqués, car à l'apparition de l'astre du matin, ils poussaient des cris et exprimaient leur joie par des danses particulières ; ils furent ainsi mis en rapport, très tôt, par les tribus méridionales, avec le début du cycle diurne du soleil qu'ils semblaient, par leur attitude, remercier allégrement de ses bienfaits. Ces recherches plastiques hautement signifiantes ne pouvaient que séduire les hommes du Sud. Qui remontait le Nil en son voilier et soudainement apercevait, au détour du fleuve, ce prestigieux édifice était brusquement étonné puis émerveillé par cette grandeur et cette beauté tout à coup apparues, témoignage de la puissance des Pharaons impériaux.

L'exécution de cette œuvre monumentale nécessita beaucoup d'efforts. Le rocher avait été taillé à pic sur une hauteur élevée et une vaste largeur[74]. J'avais moi-même choisi le plan d'ensemble qui fut suivi. Le temple s'enfonçait profondément dans la montagne libyque[75], rigoureusement de l'Est vers l'Ouest ; trois salles en enfilade conduisaient au sanctuaire, large et profond[76]. Là, j'avais repris la disposition que j'aimais : plus de statue de dieu enfermé dans un naos, au sein de la pénombre qui devait la protéger, il fallait que la lumière solaire pénètre dans la maison sacrée qui lui était dédiée, selon la conception des temps anciens durant les premières dynasties royales. Je fis tailler à même le roc, au fond du temple, à l'Ouest donc, l'image de quatre figures divines, représentées assises sur une banquette : du Sud au Nord, siégeaient côte à côte Ptah, Amon, moi Ramses, Rêhorakhty, les grands dieux de l'Empire et l'Empereur sacré qui en constituait le lien essentiel. Dans ce sanctuaire, donc, point d'obscurité véritable, mais une douce luminosité ; en effet, l'enfilade des salles précédant le Saint des Saints avait été harmonieusement équilibrée par rapport à l'axe du monument, de sorte que, depuis l'entrée à l'Est, on pouvait fort bien distinguer les quatre divinités assises à l'autre extrémité (occidentale) de l'édifice. Il arrivait même que le soleil, lorsqu'il se levait dans l'axe même du temple, c'est-à-dire à l'équinoxe de printemps et à l'équinoxe d'automne, illumine totalement les silhouettes des dieux.

Le choix même de mes divins compagnons était réfléchi. Tout en respectant les cultes locaux inhérents au cœur et à l'esprit des hommes des cités et des bourgs, j'établis un premier regroupement entre les formes divines essentielles, tenant compte à la fois de l'histoire et de la spiritualité. A Abou Simbel, j'ai exprimé plastiquement ma pensée, et je l'explicitai dans une rédaction, écrite sur papyrus, destinée aux générations à venir ; j'ai toujours aimé la poésie religieuse et son élan de foi profonde, et j'inspirai directement un hymne qui proclamait : « Trois sont tous les dieux : Amon, Rê et Ptah ; ils n'ont pas leur pareil. *Son* nom est caché en tant qu'Amon, *son* visage est celui de Rê, *son* corps est celui de Ptah » — dieu tripartite qui réunit en lui trois grandes personnalités sacrées. La puissance du nom, du Verbe créateur, caché, mais toujours prêt à se manifester en un jaillissement soudain pour créer l'univers, appartient à Amon ; la radiance de son visage est celle de Rê ; son corps est celui de Ptah, qui, symboliquement enserré dans l'écorce d'un arbre, possède toutes les forces du renouveau végétal. Une trinité sacrée — trois dieux en un — unie et indissoluble, symbole de la vie sous toutes ses formes, au cœur profond de la pensée égyptienne. Une trinité indivise, dont chaque membre pouvait adopter la nature et la signification des autres, en une confusion unitaire. J'aimais un hymne qui m'avait été consacré et qui soulignait bien la nouvelle ligne de conduite religieuse que j'avais élaborée. Je transcris ici dans mes Mémoires un court passage de ce texte, afin que soient conservées dans l'avenir sa signification et la beauté de ses images ; il a été composé sous forme d'un discours qui m'est adressé par le dieu Ptah ; je l'ai fait sculpter non seulement sur les murs du temple d'Abou Simbel, mais aussi à Karnak et à Aksha[77]. Ptah, dieu créateur et justicier de l'antique Memphis, maître du temps et des années, me dit : « Quand je te vois, mon cœur s'exalte. Je te prends dans un embrassement d'or ; je t'enlace dans la durée, la stabilité et la force ; je m'unis à toi dans la prospérité et la joie du cœur ; je me lie à toi dans l'exaltation, la réjouissance, le plaisir et les délices. Je fais que ta pensée soit divine comme la mienne. Je te choisis, je te pèse, je te prépare, afin que ton cœur soit parfait et tes paroles efficaces. Il n'y a rien que tu doives ignorer, absolument rien. Je t'enveloppe de conseils de vie, afin que tu fasses vivre les autres selon ton dessein. Je t'ai placé en tant que roi du temps éternel, régent de la durée pour un temps infini. J'ai forgé tes membres dans l'or fin et tes os dans le cuivre. Je te donne la vaillance et la force ; la puissance de ton bras est en chaque pays ; j'ai lié pour toi les désirs de toutes les terres, plaçant celles-ci sous tes sandales. Lorsque tu apparais, rayonnant, chaque jour, on t'offre les tributs des Neuf Arcs, tandis que les princes de chaque pays te présentent leurs enfants, que j'ai assignés à ton bras vaillant, pour que tu fasses d'eux ce que tu désires. J'ai placé ton prestige dans tous les cœurs et l'amour de toi dans chaque corps. J'ai répandu la frayeur que tu inspires à travers les pays étrangers, tandis que la crainte de toi parcourt les montagnes et que tremblent les princes à ton souvenir. Puisse Ta Majesté prospérer, fermement établie à leur tête ; ils viennent à toi en criant pour implorer la paix, car tu fais vivre qui tu veux et tu massacres comme tu le souhaites. »

La personne de Ptah, tout en conservant ses attributions propres, s'imprègne de l'or radieux de Rê, et participe également des forces guerrières et impériales habituellement dévolues à Amon. Trois-en-un ; un quatrième dieu, moi-même, Ramses-des-victoires, assurait le lien charnel et spirituel de ce panthéon privilégié, entraînant parfois entre nous comme une connivence amoureuse, en tout cas une fusion totale. C'était là un syncrétisme absolu, que j'avais rendu officiel, mais qui ne créait aucune contrainte ; il s'agissait d'une simplification intellectuelle du monde divin, résultant d'un souci de pourvoir à une certaine unité religieuse de l'Empire. Maître respecté et tout-puissant dans les terres impériales, j'étais aussi le maître vénéré du panthéon égyptien — dieu magnifique parmi les autres.

Le culte que l'on me rendait était d'ailleurs très populaire, et je l'encourageais ; des cérémonies rituelles d'adoration étaient pratiquées devant les statues colossales me représentant en majesté, placées devant les temples, et dont la haute taille voulait être révélatrice de ma grandeur morale et de ma puissance. Sur certaines stèles, je figurais moi-même rendant un culte à ces statues, leur faisant offrande notamment — selon ma double personnalité de Pharaon et de dieu.

Au nord du grand temple d'Abou Simbel, à peu de distance, je fis donc ériger un autre temple, de taille légèrement inférieure, et consacré à la déesse des étendues célestes en même temps qu'à mon épouse la plus chère. L'union de Ramses et de Nefertari était ainsi divinisée, éternisée, à l'image de celle d'Amon-Rê et d'Hathor, divinité du ciel, à la fois épouse et mère de l'astre; il y a échange constant de pensées entre les deux monuments, destinés à assurer, par la magie des formes et des similitudes, l'assimilation de ma reine bien-aimée avec la déesse Hathor, et ainsi éterniser sa communion avec le dieu Ramses. Le schéma de l'ensemble de l'édifice, je l'avais voulu un peu différent de celui du précédent. La façade du temple, taillée à même le roc, était formée de sept contreforts inclinés en talus et surmontés d'une frise; le contrefort central, le plus massif, était percé d'une porte qui permettait d'accéder à l'intérieur du temple. Les intervalles évidés entre chaque contrefort formaient des niches abritant six statues colossales [78], taillées en haut-relief dans le rocher de la falaise; quatre d'entre elles me représentaient debout, coiffé de couronnes diverses : les unes flanquaient la porte, les deux autres étaient situées à chaque extrémité de la rangée; les deux images colossales intermédiaires étaient à l'effigie de Nefertari, figurée avec les attributs d'Hathor : elles étaient ainsi encadrées, protégées par celles de Ramses. Les effigies des princes royaux étaient sculptées à mes côtés, celles des princesses auprès de la reine — affirmant l'unité de la famille et la continuité de la lignée dynastique. Une grande salle faisait suite à l'entrée, où la souveraine et moi étions représentés en bas-relief, accomplissant un service d'offrandes. Le mur ouest était percé de trois portes donnant accès à un large vestibule, peu profond, qui précédait le sanctuaire. Au fond de celui-ci était figurée la vache sacrée d'Hathor; elle semblait émerger de la roche, protégeant de son mufle puissant une statuette me figurant avec les attributs de Pharaon, selon un type statuaire déjà connu.

En l'an 24, l'ensemble des travaux étant presque terminé, je voulus organiser une inauguration officielle de ces deux édifices grandioses. Nefertari, la belle, la douce, et moi, nous partîmes de Per-Ramses en compagnie de l'une de nos filles, Merytamon, des Grands de la Cour, de personnalités religieuses et du vice-roi des terres du Sud, Hekanakht. Longuement, nous descendîmes le Nil dans la nef royale. Cela se passait le troisième mois de la saison de la germination [79] ; le blé et l'orge, jaunissant déjà, étaient sortis de terre, annonciateurs d'une récolte fructueuse ; ainsi le sol même de l'Egypte, en sa fécondité, semblait participer à la fête. Le peuple, massé sur les deux rives, regardait passer notre flottille et joyeusement nous acclamait ; porteurs d'offrandes, les chefs des nomes et des cités nous rendaient hommage comme à des dieux. Thèbes, la grande, fut dépassée. Franchissant la première cataracte, nous pénétrâmes en Nubie et atteignîmes enfin Abou Simbel. Au lendemain de notre arrivée, à l'aube, lorsque le soleil vint irradier de sa chaude lumière la façade du grand temple et fit rutiler le grès rose de la falaise, on ouvrit, devant mes pas, les grandes portes intérieures, salle après salle, jusqu'à ce que les rayons d'or parviennent jusqu'au sanctuaire et illuminent les statues divines ; cette union des formes sacrées avec le disque rayonnant donnait vie à celles-ci. Je pratiquai avec ferveur les rites de l'adoration. Après quelques jours, nous revînmes à Per-Ramses.

Le vice-roi Hekanakht fit ériger une grande stèle de pierre, destinée à immortaliser le souvenir de cet événement, par l'image et le texte, les deux supports assurant la pérennité des choses de la vie. J'étais représenté avec Merytamon adorant les quatre dieux du grand temple (dont moi-même), tandis que Hekanakht honorait la reine.

Une seule ombre dans ce grand jour : Nefertari accusait une grande lassitude, il semblait que la maladie l'assaillait. Elle devait, en effet, quelque temps après, rejoindre son horizon et le monde des dieux. Ce voyage fut donc le dernier que nous fîmes ensemble, et cela créa pour moi une raison supplémentaire, affective, d'aimer et de privilégier Abou Simbel. Lorsque, sept ans plus tard, en l'an 31, un tremblement de terre se produisit, détruisant les fondations du temple, ainsi que des colonnes et des statues, je décidai, aussitôt prévenu, de sauver le monument des agitations intempestives de Geb, le dieu de la terre. Je commandai immédiatement au nouveau vice-roi des terres du Sud, Paser, d'engager tous les travaux nécessaires à la restauration intégrale de l'édifice — ce qui fut fait.

Ainsi avais-je créé un vaste et solide Empire politique, soutenu, affermi par une spiritualité unique — mon projet depuis un long temps.

Je me souviens des compagnons fidèles qui m'ont aidé en ces premières années

D'eux tous, je me souviens encore et prends plaisir à évoquer le souvenir de certains d'entre eux.

Pharaon, je disposais certes de tous les pouvoirs, imposant ma règle aux administrateurs, aux juges comme aux prêtres, possédant les terres arables et les pâturages, la richesse du pays ; tout cela me revenait de droit en tant que représentant des dieux sur la terre. Mais le pouvoir absolu exercé sans mesure peut être chose grave, dangereuse. Un prince juste ne saurait gouverner sans être entouré d'amis dévoués, d'hommes sages ; dans le choix de ceux-ci la compétence des personnes est plus importante que leur rang social ; le prince doit tenir compte de leurs avis, de leurs conseils, les sollicitant même.

En ces premières années de règne, les compagnons fidèles ne me firent point défaut : ce furent parfois des hommes ayant acquis l'expérience du gouvernement pendant la souveraineté de mon père, ou des amis d'enfance en qui j'avais toute confiance, ou encore des chefs militaires valeureux que je voulais honorer ; certains de mes fils, devenus adolescents, furent aussi des assistants de mon pouvoir.

L'un des hommes importants du gouvernement fut, dès le début de mon règne, le vizir Paser, lequel, homme de confiance de mon père, continua à exercer sa charge après mon couronnement. Sethi l'avait distingué, parmi tous les courtisans, et l'avait nommé grand chambellan alors qu'il était âgé de vingt ans ; il avait pu juger des qualités de l'homme, de sa conscience et de son dévouement à la famille royale. Dix ans plus tard, il le promut à la dignité de vizir du Sud, charge suprême, de haute responsabilité ; Paser, désormais, devait être un gardien vigilant en différents domaines essentiels de la vie de l'Etat : la justice, le trésor, l'agriculture, notamment. Il était le fils de Nebneterou, alors grand-prêtre d'Amon ; sa mère, Merytrê, était d'origine memphite. Elevé à Thèbes, il conserva, durant toute sa vie, un grand attachement pour la ville méridionale, la grandeur de ses monuments, reflets de sa longue et prestigieuse histoire. Certes, ses devoirs les plus importants l'appelaient à résider aussi à la Cour de Per-Ramses ; mais il devait se rendre périodiquement à Thèbes pour inspecter le village des ouvriers à Deir el Medineh, vérifier les comptes et surveiller l'avancement des travaux tant dans les tombes de la nécropole royale que dans le temple de Karnak. Sa personne y était très populaire, car, en liaison avec le maire de Thèbes, le scribe Ramose, il veillait aux bonnes conditions de vie des artisans, leur assurant, entre autres bienfaits, une riche nourriture : légumes, poissons, bière, lait, victuailles diverses. Parmi les artistes qu'il avait distingués, un certain Didia, directeur des dessinateurs d'Amon, m'intéressait particulièrement, non seulement pour son talent, dont j'avais pu juger lors d'un de mes passages à Thèbes, mais à cause de ses origines : six générations avant lui, sa famille vivait encore en Canaan (ou peut-être en Syrie — il est difficile de le savoir précisément) ; arrivée en Egypte, elle s'était parfaitement intégrée à la vie du pays et avait fait souche ; Didia, venu des terres du Nord, était maintenant un Egyptien — un exemple vivant, parmi beaucoup d'autres, de l'unité ethnique, possible, de l'Empire. L'intégration des peuples, dans un souci de tolérance mutuelle, est chose heureuse, lorsque ceux-ci savent mêler leurs traditions aux nôtres, quand ces traditions relèvent d'un même besoin spirituel et dépendent d'une même compréhension sociale et intellectuelle de la vie des hommes.

Jamais Paser ne me déçut dans l'exercice de ses diverses fonctions ; je le récompensai, au cours d'une cérémonie fastueuse, par la remise d'une haute distinction : j'attachai autour de son cou les colliers d'or, insigne des serviteurs fidèles et valeureux. Je l'encourageai à construire pour lui un vaste tombeau sur la colline de Sheikh abd el Gournah, afin que sa vie éternelle soit fermement assurée et bien pourvu son repos dans l'au-delà. Témoignage de la haute conception qu'il avait du vizirat, il fit sculpter dans la chapelle de sa tombe une copie des directives données par le souverain au vizir lors de la cérémonie officielle qui marquait la prise en charge de ce poste important ; il fit représenter aussi les grands moments de la cérémonie de son investiture.

Le grand âge venant, et la lassitude, Paser ne pouvait plus assumer les nombreux devoirs de sa charge. Pour le récompenser encore de ses loyaux services, je le nommai, en l'an 27, grand-prêtre d'Amon — ceci lorsque survint le décès de Ounennefer, grand-prêtre thébain, depuis l'an 12, et qui avait succédé à Nebounenef. La charge, en effet, était moins lourde, comportant essentiellement la présidence des rites cultuels, l'organisation des fêtes d'Amon, et la direction des constructions religieuses ; il fut d'ailleurs parfaitement secondé par Bakenkhonsou, deuxième serviteur du dieu, appelé à un grand destin et qui deviendra, plus tard, à partir de l'an 39, le pontife thébain le plus remarquable de mon règne. Je confiai alors le vizirat à l'un de mes fils, Khay.

Une amitié vraie, durant ces longues années, s'était établie entre notre famille et Paser. Déjà mon père avait voulu assurer la fortune de sa descendance, en évitant toutefois le risque majeur d'une hérédité des fonctions ; il avait confié à l'un des fils de Paser, Amenemopet, la charge de vice-roi des terres du Sud, haute distinction que j'avais confirmée dès le début de mon règne. Amenemopet se révéla un administrateur loyal et efficace, assurant avec compétence et vigilance l'approvisionnement en or provenant de Nubie et l'apport régulier des tributs venant de mes terres méridionales.

Iouny fut aussi un grand serviteur de la famille royale. C'était un homme originaire du Nord, du Fayoum, que Sethi, en accord avec moi, avait choisi pour être le vice-roi des terres du Sud, à la mort d'Amenemopet. Iouny sut s'employer utilement à la construction des temples en Nubie, notamment à Amarah et à Aksha ; mais son œuvre essentielle demeure à Abou Simbel, lors des grands travaux destinés à ériger les deux temples rupestres, œuvre qu'il poursuivit durant les dix premières années de mon règne.

Un autre homme, distingué aussi par Sethi, fut également un compagnon fidèle. Il est encore un exemple de l'intégration possible des étrangers en Egypte. Son nom égyptien était Ramses-asha-heb-sed[80], exprimant un souhait de longue vie et de règne pérenne pour ma personne impériale ; ce nom, il le prit lors de son arrivée en Egypte, car il était en fait d'origine syrienne. Beaucoup de jeunes étrangers, attirés par la riche cité cosmopolite de Per-Ramses, choisissaient ainsi, lors de leur venue, une appellation voulant témoigner de leur loyauté envers la Couronne ; ils tentaient ensuite de suivre à la Cour une carrière fructueuse. Sethi et moi-même, prince héritier alors, l'avions remarqué à cause de sa jeunesse et de son dynamisme ; il fut d'abord nommé commandant dans les rangs de l'armée, puis promu assez vite dans le corps d'élite des envoyés royaux dans les terres étrangères, fonction requérant intelligence et diplomatie et qui lui convenait d'autant mieux qu'il connaissait, de par ses origines, les terres septentrionales de l'Empire. Ses obligations étaient multiples et diverses : il était l'homme de confiance, assurant la surveillance des serviteurs du palais, en tant qu'échanson royal ; il se rendit à plusieurs reprises au Sinaï pour s'assurer de la production régulière des mines de turquoise. Devenu roi, je lui confiai le soin de s'occuper avec Iouny, puis Hekanakht, de la mise en chantier du grand temple d'Abou Simbel, lui recommandant de veiller à la rapidité des travaux entrepris. Il fut un « homme à tout faire » loyal et efficace, dont la fidélité ne se démentit jamais.

L'ami pour lequel je ressentais le plus d'affection était Ameneminet, mon compagnon de toujours, depuis nos promenades enfantines dans les jardins de Louxor et sur les rives du Nil thébain, jusqu'au séjour fastueux à la Cour de Per-Ramses. L'amitié doit être chose durable, qui entraîne le partage des destins ; le sage vizir Ptahhotep disait, voici mille trois cents ans : « Satisfais tes amis grâce à ce qui t'advient d'heureux, ce qui advient à un homme que Dieu loue ; si tu manques de contenter tes amis, on dira de toi : c'est un homme égoïste. » Je voulus donc l'honorer ainsi que sa famille. Je choisis son père Ounennefer, lors du conseil réuni dès mon avènement, pour assumer la grande-prêtrise d'Amon, après la mort de Nebneterou, en l'an 1 ; je nommai son cousin Paser (qui n'avait aucun lien familial avec le vizir du même nom) vice-roi des terres du Sud (après Amenemopet, Iouny et Hekanakht) ; un oncle d'Ameneminet, Panesettaoui, devint commandant militaire, la charge fut reprise par son fils Nakhtmin. Un autre cousin d'Amenemopet, chef des auxiliaires nubiens de l'armée, fut pendant un temps bref, grand-prêtre de Rê à Heliopolis, avant Mery-Atoum, l'un de mes fils. La famille d'Ameneminet occupa ainsi, selon ma faveur, plusieurs des charges importantes de l'Etat. Mon ami en était si heureux et si fier qu'il fit sculpter sur une stèle la liste des hommes de sa famille que j'avais ainsi promus ; il recensa vingt-quatre de ses parents qui, tous, occupèrent un poste élevé dans l'administration, l'armée ou le clergé[81]. Quant à Ameneminet lui-même, je le nommai, dès que je pris le pouvoir, Ecuyer royal et Intendant des écuries du roi ; il demeurait ainsi auprès de moi ; après la bataille de Kadesh, je lui confiai la direction d'un réseau de renseignements, il fut chargé de me rapporter tous les aspects des terres étrangères, poste qui ne pouvait revenir qu'à un personnage digne de grande confiance. Il n'occupa jamais de fonction majeure, mais fut auprès de moi un assistant dévoué, un conseiller fidèle, avec qui je pouvais parler librement de ma jeunesse, de mes projets, et qui m'aidait à les réaliser. Un ami qui vit maintenant dans la paix et les jours calmes du lointain Occident, mais qui est toujours présent dans mon souvenir.

Ainsi, parmi les compagnons fidèles et dévoués des premières années de mon règne, certains avaient été choisis par mon père — nous avions ensemble parlé de ce choix — et je les avais conservés dans ce gouvernement ; d'autres furent élus par moi. Leurs origines étaient diverses : des hommes du Sud, des Thébains surtout, ou des hommes du Nord, des étrangers aussi venant de Canaan ou de Syrie et qui s'étaient intégrés en Egypte — tous remarquables par leurs qualités et leurs efficientes capacités.

Je dirigeai le spirituel comme le temporel. Je dus mener une politique particulièrement avisée pour la nomination des grands-prêtres, mes délégués auprès des dieux dans les temples, et notamment dans le choix des pontifes devant diriger le culte rendu aux trois grands dieux de l'Empire unifié : Amon, Rê, Ptah.

Le grand-prêtre d'Amon devait être de préférence un homme de souche thébaine. Ce fut le cas de Nebounenef (qui, nommé en l'an 1, termina son pontificat en l'an 12), de Ounennefer (qui assuma la charge jusqu'en l'an 27), de Paser (jusqu'en l'an 38) ; le second d'entre eux appartenait donc à la famille d'Ameneminet, implantée à Thèbes depuis longtemps, de même que celle de Paser, l'ancien vizir ; ma faveur leur permit d'accéder à ce poste. Le Thébain Nebounenef fut d'abord grand-prêtre d'Onouris à Thinis en même temps que celui d'Hathor à Denderah ; lors de sa nomination thébaine, la prêtrise d'Hathor revint à son fils. Nebounenef était donc un clerc « professionnel ». Il en sera de même de son successeur Bakenkhonsou, en l'an 39, qui avait franchi tous les degrés de la hiérarchie du clergé d'Amon à partir de l'âge de seize ans. La personnalité du dieu Amon était trop ancrée dans le terroir thébain pour que l'on puisse confier son pontificat à un « étranger » ; il fallait tout à la fois se méfier de trop grandes prérogatives accordées aux puissantes familles locales et respecter les fortes traditions thébaines. Ainsi, je choisis des hommes sûrs, dont je savais qu'ils ne se laisseraient pas entraîner par des menées ambitieuses, pouvant aboutir à une indépendance trop grande du clergé de Thèbes, voire à une rupture virtuelle avec le pouvoir de l'Etat. Cette « surveillance » était d'autant plus nécessaire que les clercs d'Amon possédaient des biens fort importants, un temporel prospère ; chaque victoire de Pharaon, depuis des siècles, valait au dieu de Thèbes, le responsable et le garant des succès militaires, l'apport de riches offrandes, en remerciement : des terres, des serviteurs, des objets précieux. Et Thèbes était éloignée de la capitale... Mais je sus être vigilant, alors.

J'agis différemment avec les clergés de Rê et de Ptah, dont les soucis d'indépendance n'avaient jamais menacé la Couronne ; ils étaient surtout préoccupés d'affirmer leurs idéologies plus que leur puissance politique ; celle-ci, qui avait été grande autrefois, avait maintenant quelque peu laissé le pas au dieu de la grande ville du Sud ; mais leurs fidèles étaient nombreux dans le nord du pays.

Je confiai d'abord la grande-prêtrise de Rê, à Heliopolis, au commandant de mes charriers, Bak, dont j'avais reconnu la fidélité et le courage au combat, et à qui je voulais témoigner ma reconnaissance pour ses loyaux services ; cette charge honorifique, il l'assuma durant plusieurs années. Un autre militaire lui succéda à ce poste : il avait été chef des auxiliaires nubiens de l'armée ; sa valeur personnelle comme son cousinage avec Ameneminet lui valurent ma faveur. C'étaient là des honneurs qui ne seraient pas la source de lignées puissantes — donc dangereuses ; ils avaient été élevés à un poste de confiance pour les remercier de leurs engagements dans l'armée ; ils n'étaient pas des clercs de profession, ils s'en remirent aux prêtres pour la célébration des rites, mais veillèrent à la juste conduite du pontificat héliopolitain ; ils furent pour moi des amis dévoués. Enfin, en l'an 26, je confiai à l'un de mes fils, l'un des derniers qui avait été mis au monde pour moi par Nefertari, Mery-Atoum, le soin de diriger le clergé de Rê, charge qu'il assuma pendant vingt ans. Sa carrière avait été modeste ; il n'avait pas participé aux grandes batailles du début de mon règne ; c'était un enfant calme, intelligent, auquel j'étais très lié affectivement. Il s'était occupé avec Ramses-asha-heb-sed, des travaux miniers poursuivis au Sinaï. En l'an 23, après la mort de cinq de ses frères aînés, je l'avais reconnu comme mon « Premier fils » et l'avais nommé « Porteur de l'éventail » ; il se tenait à mes côtés lors des cérémonies de la Cour. Enfin, en l'élevant à la charge héliopolitaine majeure, j'assurais ma mainmise sur l'antique et important clergé de Rê ; Mery-Atoum fut désormais, pour moi, mes deux yeux, celui des paroles duquel on se réjouit, le grand-prêtre de Rê aux mains pures.

La politique que je suivis à l'égard du clergé de Ptah fut

semblable, destinée à rattacher progressivement et étroitement à la Couronne des centres religieux importants, leur redonner un peu de la puissance qu'ils avaient eue autrefois, afin d'équilibrer leur rôle avec celui d'Amon, dans un souci de cohésion religieuse, et d'intérêt politique bien compris. Mon fils le plus cher accéda à la grande-prêtrise de Ptah ; ainsi, par l'intermédiaire de deux de mes descendants, je tenais en ma main les puissants et antiques clergés du Nord, pouvant faire contrepoids, éventuellement, aux prérogatives des clercs thébains du Sud. Khaemouaset était le second fils mis au monde pour moi par Isetnefret, il était né au moment de ma corrégence avec mon père ; en l'an 16 (il avait alors une vingtaine d'années) il devint prêtre *sem* du dieu de Memphis, auprès du grand pontife d'alors, Houy, un homme d'origine memphite, qui depuis longtemps possédait cette charge. A la mort de celui-ci, Khaemouaset lui succéda ; il devait accomplir une œuvre importante et utile dans toute la région. Jeune homme, il n'était pas attiré par les choses de la guerre — bien qu'à l'âge de quatre ans, je l'aie emmené avec moi, qui guerroyais dans le désert de Nubie ; il était réfléchi, actif, préoccupé par le juste développement du clergé dont il avait la charge, attiré aussi par l'histoire ancienne et glorieuse de notre pays, un homme de connaissances et de culture. Ses hautes qualités intellectuelles le distinguaient. Il était mon fils préféré, celui que, par choix, je considérais comme mon héritier et que je préparais au pouvoir.

Dans sa nouvelle et éminente charge il se préoccupa d'abord d'aménager les sépultures des taureaux Apis, afin de leur assurer une plus grande sécurité et les soustraire aux pillages d'éventuels voleurs. Il n'y eut plus désormais une seule chambre funéraire contenant les tombeaux des animaux sacrés, mais toute une série d'entre elles furent aménagées de part et d'autre d'une longue galerie souterraine. Il fit pour l'Apis vivant des choses bénéfiques et grandes, uniques et sans pareilles; je me souviens avoir inspecté le chantier et ce que je vis m'emplit d'admiration : grand-prêtre enthousiaste et dévoué, il avait fait pour l'Apis une statue d'or, chatoyante de toutes sortes de pierres précieuses; il établit pour lui une offrande divine quotidienne, lors des fêtes du ciel, pendant les jours du début de l'an, chaque année, en plus des offrandes qui lui étaient faites quotidiennement; il développa son clergé, nommant d'autres prêtres purs et des prêtres-lecteurs; il plaça pour le dieu un grand siège de pierre, en face du temple qu'il avait fait ériger, afin qu'il s'y repose dans la journée, après s'être uni à la terre; auprès de ce siège, était un grand autel en beau calcaire de Toura, sur lequel étaient sculptées les images des offrandes divines et de toutes sortes de belles et bonnes choses. Ce qui avait été fait auparavant n'était qu'un modeste travail à côté de celui entrepris par mon fils, le nouveau grand-prêtre, Khaemouaset.

Féru d'histoire, il s'intéressa aussi vivement aux monuments antiques, nombreux, qui avaient été construits autour de la première capitale du royaume d'autrefois, Memphis, la balance des deux Terres. Le temps avait endommagé certains d'entre eux; nous décidâmes ensemble d'un plan général de restauration. En effet, les temples et les tombeaux, datant parfois de mille six cents ans, commençaient à être submergés par les sables; il fallut d'abord les dégager et les préserver de l'érosion qui, lentement, effaçait les inscriptions et rongeait la pierre. Ainsi j'ordonnai que soit assignée au grand-prêtre de Ptah, le fils royal Khaemouaset, la tâche de rétablir le nom du roi de Haute et de Basse Egypte Ounas [82] — car on ne découvrait plus son nom devant sa pyramide — celle de rendre durables les monuments des rois et de faire en sorte que soient restaurés ceux qui étaient tombés en ruines. Il fut fait de même pour les autres constructions de la région memphite : pour la pyramide à degrés du pharaon Djoser, le grand tombeau rectangulaire de Shepseskaf, les pyramides d'Ouserkaf et de Sahourê, le temple solaire de Neouserrê[83] ; les textes sculptés sur les murs intérieurs des pyramides, notamment chez Ounas, furent restaurés — ces textes étant le viatique indispensable à la survie du souverain. Sur tous ces monuments, « rajeunis », garantis, je fis inscrire mon nom, un témoignage pour les générations futures de mon souci de préserver tout ce qui constituait la grandeur passée de ma patrie et d'assurer l'existence continue et illimitée de mes prédécesseurs sur le trône de l'Egypte. Khaemouaset m'assista fidèlement dans cette entreprise importante ; ainsi le génie d'autrefois fut sauvegardé.

Mon fils fut également un excellent administrateur, gérant avec compétence les biens de Ptah, prenant part aux affaires locales ; ses responsabilités s'étendaient jusqu'au Fayoum.

Ainsi le nord du pays, son passé, sa culture, ses rites étaient en ma main, par l'intermédiaire d'amis fidèles ou de fils dévoués. Plus tard, je poursuivis cette politique de concentration des pouvoirs religieux, en confiant ces deux grandes-prêtrises au vizir alors en fonction, Rêhotep, un homme sûr : celle de Rê lui fut assignée à la mort de Mery-Atoum (en l'an 46), celle de Ptah à la mort de Khaemouaset (en l'an 55). L'unification religieuse était assurée au Nord, en relation étroite avec le pouvoir temporel de l'Etat, tandis que le clergé thébain, au Sud, était sérieusement surveillé. Les clercs d'Amon, toujours soucieux de prérogatives de plus en plus importantes, demeuraient essentiellement chargés d'un gouvernement spirituel, leurs ambitions temporelles furent alors limitées.

Les années de paix et de prospérité, depuis la signature de l'alliance avec le royaume du Hatti, me permirent d'organiser la gestion de l'Etat avec précision, comme je l'entendais, en recherchant toujours l'intérêt du pays et de la monarchie. Puissent les dieux assurer une survie bénéfique aux compagnons fidèles qui m'ont aidé en ces premiers temps de règne et dont le souvenir demeure en moi.

Mais un événement important allait alors survenir.

Mes noces hittites

Cela se passa à la fin de l'an 33 de mon règne. Nous vivions en paix. Hattousili et moi respections scrupuleusement les termes de l'accord que nous avions signé et qui assurait notre domination pacifique sur une grande part de l'Asie antérieure. Mais les Assyriens, ambitieux, demeuraient avides d'accroître leur puissance. Le souverain hittite poursuivit alors la politique de rapprochement avec Babylone, les deux pays unis pouvant assurer l'encerclement du royaume d'Assour. Pour donner plus de sécurité à son pays, Hattousili reconquit militairement la province qui jouxtait l'Euphrate, sur la rive gauche du fleuve, le Hanigalbat, dont l'Assyrie s'était emparée ; mais cette victoire fut de courte durée, Salmanasar reprit assez rapidement ces territoires ; mon service de renseignements m'informait régulièrement de l'évolution de la situation. Ce furent sans doute ce revers et l'inquiétude qui s'ensuivit qui poussèrent Hattousili à établir une alliance encore plus étroite avec moi, qui commandais l'une des plus grandes forces du Proche-Orient. L'Assyrie ne pourrait rien faire tant que l'Egypte, le Hatti et Babylone demeureraient unis.

Le souverain hittite m'écrivit donc afin de me proposer en mariage sa fille aînée, le lien matrimonial nous unissant ne pouvant que renforcer désormais le lien politique déjà établi.

Une longue correspondance fut alors échangée, nos diplomates sillonnèrent les routes. Hattousili me promit une dot magnifique : des serviteurs, du bétail de toutes sortes, des chevaux, des objets précieux ; il demanda que mes envoyés apportent de la bonne huile fine d'Egypte afin qu'on puisse l'épandre sur la tête de sa fille avant son départ pour le pays du Nil. Le souverain hittite, dans ses lettres, me parlait de l'excellence de cette décision, que le dieu soleil avait causée, et que le dieu de l'orage et les divinités de l'Egypte et du Hatti avaient entraînée. Compliments à mon égard et promesses d'offrandes somptueuses étaient abondants, mais je trouvais que l'affaire traînait un peu en longueur, notamment à propos du délai apporté à l'envoi de la dot ; aussi adressai-je par écrit quelques reproches à Hattousili ; ce fut la reine Poudouhepa qui me répondit, son époux étant absent du palais lorsque ma correspondance y parvint ; le ton était un peu aigre, mais les femmes ne sauraient être de fins diplomates, car elles se laissent trop souvent mener par leurs sentiments et leurs passions, et mes reproches avaient piqué au vif la souveraine hittite. Nouvelles lettres, nouvelle entente.

Enfin tout fut prêt pour le grand voyage de ma princesse lointaine ; un voyage long et difficile qui devait la mener de Hattousa[84] jusqu'à Per-Ramses. Elle s'en venait vers moi, traversant les défilés rocheux, les montagnes et les déserts, gage émouvant d'une politique qui la dominait, fragile otage d'une paix désirée. Au temps où le Nil inondait la terre de l'Egypte, elle quitta sa capitale, accompagnée de sa mère Poudouhepa. Le cortège s'allongeait sur les chemins, important, fastueux ; en tête marchaient les soldats hittites, précédant les tributs offerts en dot : or, argent, bronze en grande quantité, serviteurs, chevaux en grand nombre, gros bétail, chèvres et béliers, et toutes sortes de produits si nombreux qu'ils recouvraient entièrement la route du voyage, me dirent mes envoyés. Venait ensuite ma princesse sur son char, suivie par de hauts dignitaires du pays hittite. Tout au long du chemin le cortège fut très acclamé, les hommages rendus nombreux.

Certes, la plupart des princes de l'Orient, déjà, m'avaient envoyé l'une de leurs filles, pour gagner ma faveur, notamment le roi de Babylone ; le fait n'était pas nouveau, certains de mes prédécesseurs avaient également reçu de jeunes princesses en gage d'alliance politique. Mais c'était la première fois qu'une princesse hittite venait à la Cour d'Egypte — le Hatti, l'autre puissance, septentrionale, du Proche-Orient. Je décidai donc de faire d'elle une Grande Epouse Royale (la cinquième) et non une concubine.

Après plusieurs mois, on vint me dire à Per-Ramses que la fille d'Hattousili et sa prestigieuse escorte s'avançaient maintenant vers la frontière de l'Egypte, vers l'Oronte ; alors je fus joyeux et je rentrai dans mon palais le cœur en liesse. La nouvelle, qui jusque-là avait été tenue secrète, commença à se répandre. J'ordonnai à l'armée et aux Grands de la Cour de se porter à leur rencontre le plus rapidement possible. Alors que je méditais sur les difficultés du long chemin, cette pensée vint soudain en mon cœur : comment vont-ils faire ces hommes que je viens d'envoyer, et plus encore ma fragile princesse, pour passer le Liban en cette saison hivernale de vent et de neige ? Je ne pouvais que demander aux dieux un miracle : j'offris aussitôt une grande libation à mon père Soutekh, le dieu violent qui pouvait déchaîner les turbulences dans le ciel de l'Asie ou garantir le calme de la nature. Je m'approchai de lui, le priant avec ferveur ; je lui dis que le ciel était en ses mains, la terre sous ses pieds, qu'il pouvait commander tout ce qui arrivait ; je lui demandai de faire cesser la pluie, les vents froids et la neige, jusqu'à ce que parvienne auprès de moi la merveille qu'il m'avait assignée et qui devait devenir mon épouse. Mon père divin entendit mes paroles ; alors le ciel fut en paix et les jours d'été survinrent en la saison d'hiver. Pour tous, le corps parut léger et le cœur fut dilaté par la joie. Par ce miracle, les divinités témoignaient de la faveur qu'elles accordaient à ce mariage ; les éléments de l'univers, pacifiés, accueillaient ma future épousée.

A Kadesh, à la frontière, sa mère Poudouhepa la quitta, l'ayant remise, ainsi que sa suite, à la garde de l'armée et des notables égyptiens venus à sa rencontre. Lorsque la fille du roi du Hatti pénétra en Egypte, mes fantassins, mes charriers et mes dignitaires, l'escortèrent, se mêlant aux fantassins et aux charriers hittites de sorte qu'ils ne formèrent plus qu'une seule armée faite de soldats égyptiens et asiatiques réunis ; ils mangeaient et buvaient ensemble, ils n'avaient qu'un seul cœur comme des frères ; aucun ne repoussait l'autre, la paix et la fraternité demeurant entre eux conformément à ce que j'avais pensé et ordonné, moi, le dieu fils de Rê, Ramses aimé d'Amon. Cette démonstration de force, cette manifestation parfaite de l'alliance qui unissait l'Egypte et le Hatti, étonnèrent les populations des territoires libanais, phéniciens, cananéens, les rendirent circonspects, les firent réfléchir sur la puissance que je représentais ; ainsi, j'assurais, mieux encore, mon hégémonie sur ces pays. En effet tous les chefs des principautés que traversait le cortège, déconcertés, se détournaient, faiblissant, après qu'ils avaient vu les soldats du Hatti mêlés à ceux de mon armée. A Ninive, comme à Assour, la nouvelle, vite parvenue, eut aussi un grand retentissement et les ambitions assyriennes se calmèrent quelque temps.

Enfin, en l'an 34, le troisième mois de la saison de la germination[85], ma princesse arriva à Per-Ramses. Les soldats paradèrent dans les rues ; la liesse était immense, on criait, on chantait, on dansait, en mêlant les souhaits de bienvenue aux remerciements prodigués envers les dieux, complices et « organisateurs » de l'événement. J'étais moi-même assez ému, tandis que l'on introduisait la jeune Hittite dans le palais ; je la vis soudain et la trouvai très belle, une merveille jusque-là cachée à mes yeux ; l'affaire utile devenait agréable. Je m'avançai vers elle, qui, respectueusement, me rendait hommage, ainsi que les notables de son pays qui l'accompagnaient ; je la pris par la main et la conduisis vers le trône royal. Le tremblement qui l'agitait était peut-être dû à la fatigue du long voyage, mais certainement aussi à l'émotion que lui causaient ma vue et cette réception fastueuse. Je lui dis devant tous qu'elle serait désormais l'Epouse Royale, Mathorneferourê[86], grande dame d'Egypte. Elle était venue à moi au temps où les blés nouveaux annonçaient la fécondité de la terre ; le présage était heureux, la femme, procréatrice, étant aussi le témoin de la fécondité des hommes ; la fille d'Hattousili perpétuerait ma race et celle des rois hittites : ainsi la nièce de mon vieil ennemi d'autrefois, Mouwattali, apportait avec elle la paix, en assurant charnellement l'union de nos deux pays. J'ai voulu que cet événement soit immortalisé et demeure vivant à jamais grâce à l'image et aux textes : sur plusieurs stèles, je fis sculpter le récit du voyage entrepris par ma jeune épousée depuis les rudes montagnes de l'Asie jusqu'au Nil florissant ; ces stèles commémoratives furent érigées devant les temples de Nubie (fournissant aux populations indigènes un autre sujet de réflexion sur la puissance de l'Egypte), à Amarah, à Aksha, à Abou Simbel, et devant l'un des pylônes du temple de Karnak[87] ; à l'intérieur du temple de la déesse Mout, la grande déesse-mère thébaine, j'ordonnai que figure aussi une version abrégée de ce texte.

Je voulus également récompenser les hommes qui avaient assuré la sécurité de la longue marche et son organisation, qui fut parfaitement menée. Déjà j'avais distingué Houy, l'un des dignitaires les plus anciens qui avait participé à l'expédition, et je songeais à lui confier bientôt le poste élevé et important de vice-roi des terres du Sud. Afin de mieux écarter les clercs d'Amon des affaires de l'Etat, je plaçai ce mariage sous le patronage du dieu Ptah, au nom de qui, l'année suivante, fut rédigé un décret dans lequel la divinité memphite reconnaît avoir placé elle-même, dans le cœur des habitants du Hatti, le désir que me soient apportés de lourds et précieux tributs en même temps que la fille aînée de leur souverain. Ce décret, je demandai que le texte en fût reproduit dans plusieurs temples. Je poursuivis ainsi mon dessein de rendre leur antique prestige aux villes et aux clergés du nord du pays ; ce « retour » vers Memphis, loin des prétentions thébaines dangereuses pour la monarchie, mon grand-père, puis mon père, l'avaient déjà pensé, souhaité et avaient commencé de le réaliser. Je l'affirmais de toutes sortes de façons. Gouverner, c'était d'abord, à l'aide d'une diplomatie avisée, rechercher un constant équilibre, non seulement entre les forces politiques de l'Etat mais aussi entre celles des différents clergés de l'Egypte. Connaître les actions et les hommes, leurs sentiments et leurs ambitions, les mesurer justement, sonder les cœurs doivent être le souci de tout monarque. Après l'enthousiasme de la jeunesse vient le temps de l'âge mûr et de la réflexion. Après que les dangers pressants ont été écartés, il faut assurer dans le pays le règne de la Maât[88].

Désormais, Mathorneferourê m'accompagna chaque jour, son nom brillant dans le pays entier. L'affaire politique était réussie, le mariage fut fécond ; bientôt naquit une petite princesse.

Les rapports avec le pays hittite devinrent plus étroits. A l'issue de cet événement, un homme ou une femme, qui se rendait en Syrie pour affaires, pouvait atteindre la terre du Hatti sans que la peur hante son cœur. Les voyages furent plus sûrs, les voyageurs plus nombreux. Ma capitale Per-Ramses attira plus encore les visiteurs hittites.

Parmi ceux-ci, l'un des plus prestigieux fut mon propre beau-frère, le prince héritier du Hatti, Hishmi Sharrouma[89]. Il arriva à Per-Ramses avec son escorte durant l'hiver, étonné et ravi de découvrir la douceur de notre climat. Il demeura quelque temps dans la ville capitale, où je l'accueillis fort honorablement ; nous eûmes de longues discussions sur les affaires politiques du moment, sur l'architecture et sur l'art, ses moyens et ses buts, sur la médecine. Le jeune prince admirait beaucoup nos monuments, souhaitant mettre en œuvre dans son pays, lorsqu'il en serait le souverain, les leçons données par les bâtisseurs égyptiens. Il s'entretint avec nos médecins, dont la réputation était florissante à l'étranger, discutant avec eux du pouvoir bénéfique ou maléfique de certaines herbes, qui constituaient la base de nos cures médicales ; les médecins égyptiens étaient fréquemment appelés dans les Cours des rois de l'Asie pour soigner souverains, princes et princesses ; les guérisons qu'ils procuraient étaient renommées. Hishmi Sharrouma parla aussi avec les prêtres de spiritualité religieuse ; la puissance des clergés en Egypte, les traditions rituelles et leur signification éveillaient souvent la curiosité.

Beaucoup d'étrangers venaient d'ailleurs, soucieux d'étudier et de comprendre notre culture et notre humanisme, les plus anciens du monde. J'aimais cette attirance pour notre pays, la lumière de l'univers, la région mère des autres civilisations. J'aimais à regarder, dans les rues de Per-Ramses, tous les éléments colorés, bigarrés, d'une vaste foule venue de partout. Aux pagnes de lin blanc des hommes d'Egypte, aux longues mantes plissées et fines des femmes, se mêlaient indifféremment les robes frangées et décorées de couleurs vives des Asiatiques, les grands manteaux blancs des Bédouins et les robes chamarrées de leurs femmes, les pagnes courts et les gris-gris des Africains — une foule vivante, grouillante, multicolore, qui venait certes tenter d'acquérir, au moyen de marchandages et de troc, les richesses du pays, mais aussi une foule souvent soucieuse de parvenir aux sources mêmes de la culture. Le soir, sur le pas des portes, dans la fraîcheur d'une brise venue du Nil, les hommes se racontaient les histoires qu'ils aimaient : les contes égyptiens, africains, mésopotamiens, syriens, hittites se mêlaient pour créer un grand légendaire dont les racines étaient diverses et qui témoignait des pensées et des imaginations, semblables parfois, de ces peuples que rapprochait souvent l'élaboration de grands mythes spirituels. Per-Ramses était un vaste creuset où se fondait l'esprit des hommes venus des rives du Tigre ou de l'Euphrate, du Hatti ou de Phénicie, des hommes venus du désert ou des bords de la mer Rouge, de Nubie et du Soudan. Plus tard, peut-être, on reconnaîtra dans ces contes, encore survivants, les aspects, à la fois divers et proches, des pensées du vieux monde.

Hishmi Sharrouma avait également fait le voyage pour préparer ce qui devait être un grand événement politique, il fut en effet question entre nous de la visite de son père, le roi Hattousili, en Egypte. L'affaire était d'importance, mais fort délicate. J'écrivis aussitôt au souverain hittite lui disant que le dieu-soleil de l'Egypte et le dieu de l'orage du Hatti allaient enfin permettre à mon frère de voir son frère ; ainsi nous nous verrions face à face, assis à la place où je trône ; j'irai en avant jusqu'en Canaan pour rencontrer mon frère, le voir et l'accueillir au milieu de mon pays. Hattousili était encore hésitant quant à la décision à prendre ; il ne voulait pas que sa venue en Egypte fût interprétée comme une reconnaissance de l'allégeance du Hatti envers Pharaon. Mais notre rencontre pouvait être fructueuse politiquement et une alliance plus profonde pouvait être scellée à cette occasion pour assurer la paix. Il fut donc convenu que cette démarche ne se ferait pas officiellement, mais que notre rendez-vous aurait lieu dans une place tenue secrète. Hattousili prépara son départ ; il demanda au prince de Kode[90] de l'accompagner ; il échangea une correspondance secrète à ce propos, dont j'eus connaissance cependant par l'intermédiaire d'agents sûrs, avec Ini-Teshoub, le puissant prince de Karkhemish. Le voyage toutefois fut retardé, car le souverain hittite fut malade : il souffrait d'une inflammation des pieds qui l'empêchait de se déplacer ; je me suis toujours demandé si cette affection était réelle, ou si elle n'était qu'un prétexte invoqué pour apporter, diplomatiquement, un délai à l'affaire. Finalement, guéri, Hattousili se mit en route. Nous avions convenu de nous rencontrer à la frontière de nos deux pays, sur l'Oronte, une zone neutre en somme, afin de bien marquer l'indépendance politique que chacun de nous conservait, même si l'amitié entre nous était sincère. Ce face à face était l'aboutissement de longues années de guerres et de diplomatie ; je ne m'y rendis pas sans une certaine émotion. Hattousili, le premier arrivé, m'attendait et, fort émus l'un et l'autre, nous nous saluâmes courtoisement. Nous nous assîmes dans une tente où deux trônes avaient été placés. Les discussions furent faciles, nos opinions politiques convergèrent aisément dans la recherche d'une paix durable. Alliés puissants, nous réglâmes ensemble et pacifiquement le sort du monde.

L'entente entre nous était si étroite désormais que Hattousili me proposa une autre de ses filles en mariage. J'acceptai d'autant plus volontiers que les jeunes Hittites étaient souvent de jolies femmes, mais je voulus donner à ces secondes noces un retentissement légèrement moindre qu'aux précédentes ; la jeune princesse deviendrait une concubine, parmi d'autres, beaucoup d'autres maintenant. Le souverain ami fit fort bien les choses : il me fit apporter de très riches et nombreux tributs provenant du Hatti, du pays des Gasga, de l'Arzawa[91] et du pays de Kode, si nombreux qu'on ne pouvait en faire la liste par écrit, ainsi que des troupeaux de chevaux, des troupeaux de chèvres et de petit bétail ; ils précédaient la fille d'Hattousili, que l'on m'amenait à la suite de cette riche et importante dot. L'escorte était nombreuse aussi ; mais, en fait, la conduite du cortège n'était pas assurée par les fantassins et les charriers hittites, mais par les dieux du pays d'Egypte et les dieux de chaque contrée traversée ; ils avaient fait en sorte que les grands princes de chaque pays appartenant au Hatti m'apportent d'eux-mêmes leurs tributs : leur or, leur argent, leurs vases d'émeraude, leurs troupeaux de toutes sortes ; les enfants des princes du pays du Hatti étaient venus, de leur propre initiative, m'apporter leurs biens jusqu'à la limite de mes terres. C'est Ptah encore, le père des dieux, qui avait inspiré et patronné ce voyage et placé sous mes pieds toutes les contrées étrangères.

L'événement fut relaté également sur des stèles, que je fis placer dans les temples d'Egypte[92]. Le monde oriental, en dépit de quelques intrigues locales, allait pouvoir, plusieurs années encore, poursuivre une calme existence.

Je goûte enfin les plaisirs et les bonheurs du temps de paix

Je me souviens de ces jours heureux vécus à Per-Ramses, jours bienvenus après les nombreuses années passées dans la tourmente des guerres nécessaires. La vie en Egypte est agréable, qui mêle aux plaisirs de la vie familiale les jeux et les divertissements, les chants et les concerts dans la fraîcheur des villas et des jardins. Le bonheur consiste à suivre le cœur et son désir, sans jamais abréger l'accomplissement heureux du moment ; c'est aussi la droiture et l'équité des actes accomplis durant le temps de vie, que le cœur doit justement peser. Moi, Ramses-aimé-d'Amon, le plus puissant de tous, j'ai suivi les conseils des Sages. Certes je fus orgueilleux et altier, fier de ma condition divine et de mon savoir, mais je comprends maintenant que l'on n'atteint jamais les limites de la science et de la connaissance, et qu'une parole heureuse peut être plus dissimulée que la précieuse émeraude, on peut la trouver parmi les servantes penchées sur la meule, et écrasant le grain. Personnage dominant, donnant des ordres à des hommes nombreux, j'ai recherché chaque occasion d'action bénéfique, car je savais que la générosité et la justice sont une richesse durable, un chemin lisse qui s'étend devant l'homme. Un chef se doit d'accomplir des choses élevées, il doit être respecté non pas à cause de la crainte qu'il inspire, mais en raison de ses connaissances et de sa parole sereine ; ainsi l'amour de moi vit et vivra dans le cœur des hommes. Dieu moi-même, j'ai toujours exalté la gloire des êtres divins et fait assurer leur quotidien service. La mémoire des bienfaits accomplis, le souvenir des actions justes, c'est tout cela qui crée le bonheur et qui permet, le grand âge venu, d'éviter les regrets et de contempler avec un cœur serein la longue vie écoulée.

Depuis les premières années de mon règne, ma famille s'était considérablement développée ; des êtres chers avaient rejoint l'univers des dieux, d'autres, nombreux, étaient nés au monde des vivants. C'est en l'an 22 que ma mère, la reine Touy, à laquelle me liait une réelle affection, nous quitta pour rejoindre sa maison d'éternité ; elle avait alors une soixantaine d'années. Avant sa mort terrestre, elle avait eu la joie de participer à la signature du traité de paix avec le Hatti en 21 ; elle avait elle-même adressé un message de félicitations à la Cour hittite, elle se réjouissait de mes succès incontestés, comme de la richesse et de la prospérité que mon gouvernement avait créées en Egypte. J'avais fait construire pour elle, dans la montagne occidentale de Thèbes, au creux d'une vallée[93], un vaste tombeau ; c'était la deuxième fois que l'on utilisait ce site ; seule auparavant, ma grand-mère, la reine Satrê, avait été enterrée en ce lieu ; je décidai que, désormais, il abriterait les sépultures éternelles des reines et celles des fils royaux morts en bas âge. Trois chambres creusées dans la roche, auxquelles on accédait par des escaliers, et qui précédaient une vaste salle à piliers, seraient désormais le lieu de vie terrestre de ma mère ; là, dans un sarcophage de granit rose, reposèrent les deux cercueils précieux qui contenaient le corps soigneusement momifié de Touy.

Au nord de mon château des millions d'années[94], bâti au sud-est de la colline de Sheikh abd el Gournah, à proximité de celui de mon père, je fis ériger un petit temple dédié à ma mère ; famille unie, nous serions proches ainsi pour vivre une éternité sans fin. Sur les murs de cette chapelle, je me fis représenter, encore enfant, en compagnie de Touy et participant à des actions diverses avec les divinités. Je repris, pour honorer ma mère et mieux affirmer encore mon ascendance divine, la légende créée par la reine Hatshepsout (deux cent cinquante ans auparavant) dont les images illustraient son temple funéraire de Deir el Bahari — conte dont les scènes furent représentées à nouveau par Nebmaâtrê Amenhotep, le troisième du nom, sur les murs du grand temple d'Amon-Rê à Louxor ; une légende royale pérenne, selon laquelle Amon-Rê, prenant l'aspect du souverain régnant, s'incarnait en la reine, devenant ainsi, en même temps que le roi, le père charnel du prince héritier. C'était là une légende imaginée par les prêtres thébains, toujours désireux de se mêler des affaires de succession royale ; je repris la tradition déjà instituée, mais lui donnai une moindre importance : les bas-reliefs illustrant l'union du dieu et de la reine, mon éducation de prince, ne figuraient pas dans mon propre temple, mais sur les murs de la chapelle plus petite consacrée à ma mère. Je pourvus avec soin, tout au long de ma vie, au service funéraire quotidien de Touy. Je la « portais » comme elle m'avait porté après ma naissance ; je ne voulais pas qu'elle puisse me blâmer, ni qu'elle élève à mon encontre ses mains vers Dieu, car il entendrait ses cris. J'accomplis chaque jour, tout au long de ma vie, les libations rituelles nécessaires à la survie de mon père et de ma mère qui reposaient dans la Vallée ; ainsi mes fils, un jour, agiront de même pour moi.

Deux ans après, la première compagne chérie de ma jeunesse, mon amie politique, celle pour l'amour de qui brillait le Soleil, Nefertari, Grande Epouse Royale, maîtresse du Double Pays, alla à son tour rejoindre la Terre sacrée où l'accueillirent Rê et Osiris. J'avais établi pour elle, dans la vallée thébaine qui sera désormais celle des reines, une tombe magnifique, comprenant trois grandes salles communiquant avec des chambres plus petites; j'avais demandé aux meilleurs des dessinateurs, des sculpteurs et des peintres de l'illustrer. Partout, les peintures aux couleurs délicates multipliaient l'image gracieuse et la silhouette élancée de ma reine aimée; vêtue de fines et transparentes robes de lin blanc, aux plissés savants et divers, ma souveraine au fin visage était parée de joyaux précieux, en or, argent, lapislazuli et émail dont les teintes chatoyaient précieusement. Les dieux et les déesses étaient figurés accomplissant pour elle les rites qui devaient la rendre immortelle. Cette immortalité, je l'ai voulue divine et semblable à la mienne, perpétuant ainsi entre nous une union qui sera éternelle; comme moi, Nefertari se confondra avec le soleil et s'assiéra sur le trône d'Osiris; de longs discours divins, sculptés sur les murs, assuraient cette assimilation. Osiris proclame qu'elle fera son apparition dans le ciel à l'instar de son père Rê, qu'elle rejoindra sa place à l'intérieur de la Terre Sacrée, tandis que son cœur exultera de joie après qu'elle se sera jointe à la grande Ennéade. J'ai longuement médité et préparé aussi les paroles prononcées par Anubis, le divin chacal, tandis que la reine accomplissait en images les actes traditionnels habituellement effectués par le roi mort ressuscitant : « Tu te lèveras glorieuse dans le ciel, comme ton père Rê après que tu auras reçu sur ta tête la double couronne et que t'auront rejointe ta mère Isis avec Nephthys; elles façonneront ta beauté comme celle de ton père Rê, ainsi tu apparaîtras radieuse dans le ciel selon sa forme. La nécropole sera illuminée de tes rayons, tandis que la grande Ennéade divine qui est dans la Terre Sacrée te fera une place. Viens vers ta mère Isis, tu te reposeras sur le trône d'Osiris tandis que les dieux te recevront. Ton cœur sera joyeux durant l'éternité, ô Grande Epouse Royale, maîtresse du Double

Pays et de toutes les terres. » Ainsi, par la magie efficiente des images et des mots, Nefertari vivra pour le temps éternel, et nous resterons unis dans un même devenir divin, côte à côte, comme du temps de notre vie en Egypte. J'ai voulu, par-delà la mort terrestre — ce court passage préludant à l'éternité — instituer entre nous ce véritable échange amoureux, grâce au parallélisme recherché des épithètes et à la concordance absolue des actes rituels de renaissance, jusque-là réservés aux seuls devenirs de Pharaon ; ainsi nous demeurerions ensemble dans la durée infinie, en accomplissant des destins semblables.

Ce fut Isetnefret dès lors qui tint auprès de moi la première place, Isetnefret que j'avais épousée également durant le temps de ma co-régence ; elle n'avait jusque-là tenu qu'un rôle effacé ; désormais elle fut à mes côtés dans toutes les cérémonies officielles, jusqu'en l'an 34, date à laquelle elle rejoignit son tombeau de la Vallée des reines.

Si Nefertari et Isetnefret avaient été des épouses de choix, j'ai également, selon la tradition pharaonique la plus ancienne, épousé ma plus jeune sœur Hentmirê, dont le rôle fut toujours modeste. Les rois d'Egypte sont des dieux, et leurs actes ne répondent pas aux règles du bien-vivre social habituel ; il était nécessaire d'autre part de conserver la pureté de notre sang, qui était aussi celui des divinités incarnant les puissances supérieures du monde ; ainsi le mariage de Pharaon avec sa sœur, s'il n'était pas conforme à la morale des hommes, relevait d'une haute conception du rôle du souverain, gardien des privilèges et des caractères divins qui étaient les siens. Dans la grande Ennéade adorée à Heliopolis, chacun des couples créateurs du monde est formé par un ensemble frère-sœur ; Osiris, entre autres, avait épousé sa sœur Isis et procréé Horus. Chaque couple constituait un tout uni, se suffisant à lui-même et engendrant une suite divine, comme un microcosme fermé à toute atteinte extérieure. C'est le monde clos des dieux, dont je faisais partie, ainsi que mes prédécesseurs sur le trône de l'Egypte.

J'allais même plus loin encore en ce sens. Après le départ de Nefertari vers la terre qui aime le silence, j'épousai la première des filles qu'elle avait mises au monde pour moi : la jeune princesse Merytamon, dont la présence à mes côtés évoquait pour moi celle de sa mère ; la fille qui naquit de cette union fut tout naturellement gardienne du sang divin. Du vivant même d'Isetnefret, j'épousai également notre fille aînée : la princesse Bentanat, qui figura, en tant qu'épouse royale, dans les cérémonies officielles auprès de sa mère ; après le départ de celle-ci pour sa maison d'éternité, Bentanat devint alors la première de mes épouses, Merytamon, la seconde. La jolie Hittite, appelée par moi Mathorneferourê, vint compléter le cercle des reines.

Ces cinq épouses officielles me donnèrent de nombreux enfants, entre lesquels je devais choisir mon successeur, en respectant pour une part l'ordre des naissances, mais en tenant compte aussi des mérites et des capacités de chacun. Je considérai d'abord comme mon héritier le fils aîné mis au monde pour moi par Nefertari, le prince Amonherkhepeshef, qui changea son nom en celui de Sethherkhepeshef ; lui aussi écrivit, en l'an 21, à Hattousili pour le féliciter de son alliance avec moi ; mais il me déçut, ne jouant pas de rôle vraiment actif dans la politique ; il était plus guerrier que diplomate. Nefertari m'avait donné quatre fils et deux filles ; j'avais eu plaisir à les faire représenter sur le mur extérieur du petit temple d'Abou Simbel, de part et d'autre de l'entrée, entre mes statues et celle de la souveraine ; mais les princes, très jeunes encore, rejoignirent le monde des dieux. J'élus ensuite, comme mon éventuel successeur, le prince Ramses, le premier fils né de mon union avec Isetnefret. Il occupa un poste de général dans l'armée, de l'an 25 à l'an 50. Au moment de sa mort terrestre, je confiai la charge de ma succession au prince Khaemouaset, second fils né de Isetnefret ; j'avais pour lui, pour son intelligence très vive, et sa science, son amour de l'Egypte ancienne, une profonde affection ; mais il mourut en l'an 55. Alors le pouvoir à venir revint au prince Merenptah, le troisième des fils que m'avait donnés Isetnefret ; il est toujours mon héritier au moment où j'écris ces lignes, il gère avec moi le vaste Empire, me secondant dans ma lourde tâche ; sans doute me succédera-t-il un jour, quand j'aurai rejoint mon horizon, et saura-t-il reprendre en ses mains le destin de l'Egypte ; bon fils, il sut recevoir mes paroles et écouter mes conseils, c'est chargé de son fardeau qu'il parviendra à son tour à la vieillesse ; un bon fils est un don de Dieu.

Des concubines mirent aussi au monde pour moi une importante descendance, que je pourvus de charges à la Cour. J'ai voulu que le souvenir de mes enfants, de tous mes enfants, demeure ; aussi ai-je fait sculpter leurs images et leurs noms sur les temples d'Egypte, parfois aussi sur des stèles ou dans les tombeaux, leur immortalité étant de la sorte assurée ; on me dit que sont ainsi représentés cinquante de mes fils et cinquante-trois filles. Je fus vraiment, selon l'épithète royale traditionnelle, un taureau puissant, digne émule du dieu Min [95]. Le sage Anii ne disait-il pas qu'il est sage de faire des enfants, l'homme étant heureux lorsqu'ils sont nombreux, et considéré en fonction du nombre de ses descendants.

Nous vivions en famille dans le palais de Per-Ramses. J'avais transformé en un monument somptueux la simple résidence d'été construite par mon grand-père. Beaucoup plus vaste que le palais de mon enfance, à Louxor, il comportait de nombreuses pièces ; j'avais moi-même dirigé son organisation d'ensemble et son décor, choisi les couleurs que je voulais signifiantes. La partie centrale était constituée par une vaste salle hypostyle ; sur les hautes colonnes mes noms figuraient, peints en blanc et en bleu, teintes évoquant le soleil et le ciel : j'étais le souverain en son milieu céleste. Au Sud, un large couloir menait à la salle du trône, également hypostyle, qui accueillait les réceptions officielles ou les audiences. Les murs de ces deux salles étaient peints en blanc, blanc comme la lumière du soleil ; le sol, fait de tuiles brillantes, étincelait de vives couleurs, qui voulaient rappeler la richesse de la terre et la diversité luxuriante de la végétation : jaune et brun, bleu, rouge et blanc. Un ensemble chatoyant, vivant et chaud qui saisissait les regards. Au sud de la seconde salle, sous un dais, était le trône royal d'or fin, auquel j'accédais par quelques marches : disposition rituelle ; celles-ci, comme le dais, étaient illustrées par l'image des sujets étrangers soumis et que mes pas dominateurs foulaient lorsque j'allais m'asseoir sur le siège sacré ; sur la dernière marche, la scène représentait un lion — l'un de mes avatars figurés — dévorant un ennemi ; sur le piédestal, un décor fait de plantes des marais était peint en bleu. Au nord de l'hypostyle centrale, un petit escalier menait au balcon du palais, où j'apparaissais en majesté, aux regards des courtisans et du peuple, lors des cérémonies officielles : notamment pour la remise des colliers d'or aux militaires valeureux ou pour la distribution de récompenses précieuses aux administrateurs éminents. Les hommes pouvaient alors admirer ma beauté et ma puissance. Mon nom figurait encore sur les portes, les murs, le balcon, en hiéroglyphes peints de bleu et de blanc ; mes triomphes étaient évoqués au cours de scènes aux couleurs vives, rouge vif, bleu, jaune. Le lapis-lazuli et la turquoise apportaient leur note précieuse à ces représentations diverses, célébrant ma puissance divine et héroïque. Au sud de la salle du trône, une suite de pièces nombreuses constituait les appartements privés, ceux de ma famille ; là, le décor était plus intime ; sur les sols aux riches couleurs, étaient représentés les marais du Nil : ses plantes, ses oiseaux, ses animaux, en des scènes vivantes et brillantes ; l'image des beautés du harem créait une atmosphère plus douce et plus chaude. Dans cet univers, où chaque couleur, chaque scène était évocatrice, je passais des jours heureux. Autour du palais, je trouvais dans les jardins, semblables à ceux de Louxor, auprès des étangs ombragés, le repos et la détente ; les sages vantent le rôle joué par ces oasis de fraîcheur, colorées, harmonieuses et belles, dans le bonheur de l'homme. Celui-ci est en effet tributaire de la nature, avec laquelle il entretient des affinités secrètes et recherchées.

Il m'arrivait aussi, au cours de mes promenades, de pénétrer dans la maison de quelque ami, dans le quartier résidentiel sis au nord du palais. J'aimais ces grandes villas entourées de jardins ; on m'accueillait en posture courbée, témoignage de grand respect, dans la salle de réception aux colonnes élevées, dont les côtés étaient entourés de divans ; c'était un lieu de plaisance propice à la conversation et aux jeux ; orientée vers le Nord, la pièce était toujours fraîche ; les sols, souvent, étaient faits de briques plates, recouvertes de décors floraux aux vives couleurs. Le soir venu, les hommes et les femmes montaient sur la terrasse au toit plat, refuge des oiseaux, pour respirer les brises rafraîchissantes venues du Septentrion. Depuis mon palais, je voyais les lumières scintiller dans la nuit ; sous la lumière des étoiles, je distinguais les jardins, les pergolas, les pièces d'eau, monde végétal vivant, témoignage de l'amour des Egyptiens pour la terre et ses richesses toujours renaissantes, à l'instar de la vie divine d'Osiris.

Quittant Per-Ramses, j'aimais aussi à me rendre, loin des fastes et des bruits de la Cour, dans la région du Fayoum, belle oasis à la végétation luxuriante, créée par un bras du Nil et située au sud-ouest de Memphis ; là, les rois Amenemhat et Sesostris, mes prédécesseurs voici près de huit cents ans, avaient entrepris de grands travaux pour régulariser la distribution de l'eau du fleuve et aménager une grande plaine fertile ; la province était maintenant un immense jardin paisible et fécond. J'avais fait construire, à l'entrée du Fayoum, à Mi-our, un vaste harem, destiné à accueillir mes concubines ; leur nombre était grand. Il y avait celles, égyptiennes, que j'avais moi-même distinguées et qui, après un court séjour à Per-Ramses, étaient envoyées à Mi-our ; il y avait aussi les filles, nombreuses, que les princes étrangers m'adressaient en hommage, pour requérir ma faveur ; un joli visage, un beau corps féminin sont toujours des cadeaux appréciés. Le harem était cosmopolite, réunissant aux Egyptiennes, les Hittites, les Phéniciennes, les filles des princes du désert. Je ne pouvais mêler cette assemblée de femmes de toutes origines à la vie politique de la capitale, ni au groupe familial ; une femme est une eau profonde dont on ne connaît pas les contours, elle peut devenir dangereuse, on peut même perdre la raison pour un corps radieux. La famille devait être préservée de toute atteinte ; il était donc sage d'isoler, à quelque distance de Per-Ramses, toutes ces étrangères.

J'avais voulu que cet univers caquetant et affairé, plein d'intrigues et de jalousies, fût organisé, dirigé, surveillé ; un intendant choisi par moi gérait le harem, parfois aussi je déléguais à Mi-our l'un de mes serviteurs fidèles pour mieux garantir l'ordre ; j'avais voulu également que ce monde fût autonome, je créai donc une véritable institution royale, qui possédait ses terres, ses troupeaux et requérait le service de nombreux scribes, de fonctionnaires, d'ouvriers et d'artisans. Mi-our était un grand village, un monde se suffisant à lui-même, à l'écart du monde officiel, un univers particulier fait pour le plaisir. Toutes ces belles ne demeuraient pas inactives : en attendant mes visites, elles filaient, tissaient, surveillaient les travaux domestiques, veillaient à l'éducation des enfants.

Mon arrivée était l'objet de grandes festivités. Elles se paraient et se parfumaient, voulant plaire à mes sens. Elles m'espéraient, la nuit venue, pour des plaisirs renouvelés ; je choisissais l'élue d'un soir. C'était pour moi une détente et un délassement passager, elles me faisaient oublier, le temps d'un court instant, mes préoccupations et mes devoirs. Des bijoux récompensaient leur attente ; elles aimaient le bleu profond du lapis-lazuli, la brillance verte de la malachite ; elles aimaient aussi le parfum aromatique des fleurs de la cardamome, que l'on faisait venir d'Asie. Elles s'affairaient sur de petites choses ; j'étais en fait leur unique préoccupation, moi le seigneur divin, à la puissante force virile. Elles discutaient souvent, avant ma venue, pour deviner celles qui, parmi elles, auraient ma faveur ; la jalousie était de rigueur dans ce monde féminin clos.

J'avais choisi ce site pour sa relative proximité de Per-Ramses, mais aussi parce que, dans cette oasis fertile et verdoyante, je pouvais pratiquer deux de mes sports d'élection, la chasse et la pêche. Sur la rive du grand lac fluvial, ombré de papyrus, je regardais, comme au temps de mon enfance, les hardis pêcheurs enfoncer leurs harpons dans la gueule béante des hippopotames et des crocodiles ; j'aimais à contempler, comme je le faisais dans ma jeunesse, les filets et les nasses ruisselant de poissons prisonniers, tandis que les chasseurs aux bras haut levés frappaient de leurs boomerangs les volatiles éperdus, fuyant en tous sens. Il m'arrivait de participer à l'action ; debout sur une barque légère, au long du fleuve grouillant de poissons aussi nombreux que les sables du rivage, ou près des fourrés aux nids innombrables, je lançais à mon tour le harpon et brandissais le boomerang. J'y mettais presque autant de cœur que pour détruire les ennemis ; mais certains poissons ne sont-ils pas le réceptacle de forces rebelles et mauvaises ? La pêche, en ce cas, ajoutait aux joies du sport la satisfaction d'accomplir un acte de purification — acte nourricier aussi ; si mes compagnons et moi ne consommions pas, pour cette raison, de poissons, nous alimentions les cuisines du harem et distribuions au peuple une part de nos prises, ce qui entraînait de grandes réjouissances. Tout était plaisir, gymnastique du corps et de l'esprit. Je revenais à Per-Ramses, comblé et joyeux.

Que je sois à Per-Ramses ou à Mi-our, d'autres divertissements avaient également ma préférence : les concerts, les danses et les chants ; j'aimais aussi écouter les conteurs habiles et diserts, dont les histoires s'enrichissaient chaque jour d'épisodes nouveaux. L'imagination égyptienne est illimitée ; ils savaient mêler aux fables égyptiennes celles venues d'Afrique, d'Asie, de Babylone ou de Sumer, ou encore les récits contés par les voyageurs, les marins et les commerçants sur les bords de la mer Rouge. Ils savaient créer un monde enchanté, divers et attirant.

Dans les jardins, sous les treilles, au cours de banquets souvent, ou dans le palais, musiciennes et danseuses apportaient leurs concours aux plaisirs des sens. Le son tendre et mélodieux de la harpe, le son plus aigu de la flûte, la douceur du hautbois et du luth s'alliaient harmonieusement pour soutenir la danse des femmes ; parfois le bruit strident des trompettes, les coups de tambourins, les roulements lourds du tambour, le son grêle des castagnettes étaient associés en des orchestres plus bruyants. Le rythme de la musique, peu à peu, saisissait les corps et les entraînait dans une danse gracieuse ou frénétique. J'aimais les trios musicaux composés de jeunes filles, vêtues de longues robes blanches transparentes, de bijoux somptueux, de couronnes de fleurs, de cônes de parfum fondant lentement sur la perruque. J'avais particulièrement remarqué deux belles, à la longue silhouette fine et élancée ; debout, l'une jouait de la flûte, l'autre de la harpe ; elles encadraient une troisième compagne dont la nudité juvénile révélait un corps déjà formé, mais encore enfantin d'apparence : celle-ci jouait du luth, tandis que ses pieds et ses jambes répondaient au mouvement de la musique suivant des lignes légères et ondulantes. La danse rythmée, gracieusement mouvante d'abord, pouvait entraîner l'être dans un élan irréfléchi, passionnel, obéissant seulement à la cadence musicale. Les Africains de Nubie étaient particulièrement sensibles à la musique, il semblait que leur corps « doublait » en quelque sorte celle-ci en des gestes et des attitudes extrêmes : je me souviens d'un danseur noir qui s'abandonnait si totalement au rythme ressenti qu'il n'était plus qu'une ligne torse, suivant un élan irrésistible, tandis que ses pieds, en des sauts cadencés, s'élevaient au-dessus du sol, ce mouvement tourbillonnant s'accompagnant de l'agitation des gris-gris qui pendaient de ses poignets. Dans les danses africaines, tout est élan et déhanchement. Je préférais les gracieux ébats féminins et l'harmonie des orchestres de jeunes filles. J'aimais, à la fin du jour, dans la fraîcheur apaisante des jardins, écouter quelque concert : la musique charme l'esprit, éveillant dans l'être des sentiments qui évoquent les moments de la vie. La musique, souvent, était accompagnée de chants, chants amoureux, dialogues entre les deux amants, appelés frère et sœur, en un rapprochement voulu qui n'était point un fait de nature, mais répondait à un souci de communion plus étroite. L'un de ces chants, assez long — il comportait sept stances — fut composé pour me distraire ; il était soutenu par les sons mélodieux de la flûte et de la harpe ; il célébrait l'amour, création divine comme le monde, les amants mêlant leurs joies aux beautés des jardins et du fleuve ; le chant s'élevait pour décrire les féeries du cœur, la naissance de l'amour, les imaginations ferventes, les émois ardents ou impudiques, l'amour qui peut transfigurer le monde alentour ; j'aimais particulièrement l'une des stances du poème qui m'avait été dédié, elle chante encore en moi, souvenir des jours heureux, avec ces paroles d'un paysan amoureux :

« Je descends le fleuve, emmené par les rameurs,
Ma botte de roseaux sur l'épaule.
Je vais à Memphis, la Vie du Double Pays,
Là je dirai à Ptah, seigneur de la Vérité et de la Justice :
Donne-moi ma belle ce soir.
Le fleuve est comme du vin,
Le dieu Ptah est son fourré de roseaux,
La déesse Sekhmet son buisson de fleurs,
La déesse Earit son bouton de lotus,
Le dieu Nefertoum son lotus épanoui.
Ma belle sera joyeuse !
L'aube se lève à travers sa beauté.
Memphis est une coupe de pommes d'amour,
Posée devant le dieu au beau visage. »

Au lever du soleil, la nature ainsi s'animait, empourprée comme le vin ou la grenade par l'or du soleil ; les dieux l'habitaient et la transfiguraient, mais, pour l'amant, l'aurore rayonne de la beauté de celle qu'il aime. D'autres chants poétiques, nombreux, toujours accompagnés par la musique d'un orchestre, furent composés en ces temps où l'on avait le loisir d'aimer ; la poésie de ces textes créait en moi une émotion certaine, due à la cadence rythmée des mots, à la beauté des images, qui saisissaient le corps et l'esprit. Une très belle phrase sensuelle, provenant de l'un de ces chants, est demeurée en ma mémoire, témoignage de l'ardeur amoureuse d'une femme : « Ton amour est dans ma chair comme un roseau dans les bras du vent. »

A l'ombre des grands sycomores, sur lesquels voletaient

des oiseaux aux multiples couleurs, tandis que nous buvions quelque boisson fraîche dans une coupe d'or, en écoutant s'élever la musique et les chants, la vie était douce, apaisée, un don magnifique des puissances divines.

Selon une vieille tradition royale, j'aimais aussi faire venir auprès de moi des conteurs, qui me narraient de belles histoires ; ces récits d'aventures comportaient souvent une signification plus profonde, car le conte, en Egypte, doit non seulement divertir mais aussi faire penser et réfléchir suivant maintes allégories. J'aimais bien sûr écouter à nouveau le récit de l'épopée de Sinouhe, envoyé secret en Asie chez les princes du désert. Je demandais aussi que l'on me lise les discours prononcés par un paysan particulièrement disert, à qui l'on avait volé ses biens et qui venait chercher justice auprès du grand intendant du domaine ; je me divertissais fort à entendre les longues requêtes de l'homme qui plaidait sa cause en un verbalisme proliférant, une véritable cascade de mots et d'images ; mais, en écoutant, je comprenais mieux la vie laborieuse et les besoins du petit peuple des champs, sa quête, essentielle pour sa survie, de justice et d'équité ; le paysan disait : « Il ne faut pas dépouiller un pauvre de ses quelques biens ; car ses biens sont le souffle de la vie pour un miséreux, et celui qui les lui ravit lui bouche le nez » ; j'aimais ce parler populaire, dont le réalisme simple voulait évoquer tous les éléments de l'existence comme les sentiments ressentis, et qui traduisait bien le goût des Egyptiens pour les images. Parmi les contes anciens, ma préférence allait peut-être au récit qui relatait les aventures du naufragé sur l'île ; alors qu'il voguait sur la mer Rouge, un navire, à la suite d'une forte tempête, s'abîma corps et biens dans les flots ; seul un homme survécut et trouva refuge sur une île enchantée, l'Ile du *ka ;* il y rencontra un grand serpent, qui le recueillit et lui dit qu'il était le maître de l'encens, la plante donneuse de vie. Des conversations, où la philosophie se mêlait à la féerie, eurent lieu entre eux, jusqu'à ce qu'un navire venu d'Egypte emmène l'homme en retour, vers son pays. Ce récit, riche en allégories, me rappelait, en quelques façons, l'histoire de Gilgamesh, le héros sumérien, adopté par Babylone, et dont le récit des aventures était parvenu en Egypte. L'île de ces contes représentait un lieu isolé, privilégié, où demeurait un être échappé à une destruction totale : toute la famille du serpent avait été brûlée par une étoile venue du ciel ; cet être « enchanté » détenait la plante de vie ; c'était aussi le cas du sage Oupanaphistim, seul rescapé d'un déluge, face à Gilgamesh ; l'île, dans les deux cas, devait disparaître après le départ du héros. Je réfléchissais sur le sens profond de ces aventures ; le serpent est, partout, le symbole de l'immortalité, il est donc normalement mis en rapport avec la plante qui détient l'éternité de la vie ; cela était vrai à Sumer, mais cela était vrai aussi dans les récits africains, ceux des peuples noirs. Ainsi l'univers des contes permettait de retrouver ce même cosmopolitisme, dont témoignait la vie matérielle de mon Empire, dans le domaine de la pensée, avec des courants spirituels, venus de tous les mondes et qui se mêlaient.

Parmi les contes plus récents, j'aimais écouter les aventures d'un prince égyptien, dont le destin fut fixé à la naissance et prévoyait sa mort par le crocodile, le serpent ou le chien ; mais la ruse et la magie allaient lui permettre d'éviter ce sort fatal au cours de multiples rebondissements tout au long du récit. Remarquables aussi étaient les tribulations de deux frères qui se nommaient Vérité et Mensonge ; elles exaltaient la piété filiale et l'amour de la vérité, vertus égyptiennes par excellence ; le récit présentait quelque analogie avec les aventures d'Osiris, il montrait aussi que la vérité et le mensonge sont parfois proches l'un de l'autre, qu'il est parfois difficile de les distinguer, mais que la vérité l'emporte finalement.

Les plaisirs du corps et les bonheurs de l'esprit ne manquaient pas à Per-Ramses.

Je me rendais aussi, assez souvent, en Haute Egypte, à Thèbes, qui demeurait une prestigieuse capitale spirituelle, dont le rayonnement était encore immense — Thèbes, la ville dont les princes, à deux reprises, avaient rétabli l'ordre monarchique bouleversé et libéré des invasions le territoire national. Je fis composer un hymne à sa louange, prônant son action et son ancienneté, disant qu'elle était la divine reine des villes, l'œil d'Atoum et l'œil de Rê ; grâce à ses victoires, elle avait su donner le pays tout entier à un seul maître ; lorsqu'elle empoignait l'arc et saisissait la flèche, personne ne savait combattre dans son voisinage, à cause de la grandeur de sa puissance. Thèbes est le modèle des villes ; au commencement des temps l'eau et la terre étaient en elle, puis le sable survint, qui entoura les champs et créa le sol sur la colline primordiale, quand l'univers vint à l'existence. Des hommes arrivèrent ensuite qui l'habitèrent et fondèrent d'autres villes d'après son nom. Thèbes était aussi une grande métropole économique, cosmopolite également ; son port accueillait des navires venus de pays lointains, de Crète, de l'Egée, et de Grèce. Une ville vivante dont nous voulûmes faire alors essentiellement un grand lieu saint, demeurant en dehors des affaires politiques qui se réglaient à Per-Ramses.

Au cours du lent voyage sur le Nil, vers l'amont du fleuve, le peuple me rendait hommage, comme les gouverneurs de provinces avec qui je discutais parfois des affaires importantes de leur domaine local ; il était bon que les rapports soient maintenus avec les centres provinciaux et que je ne demeure pas trop éloigné d'eux ; cela répondait au souci que j'ai toujours eu de comprendre les hommes et de les aider ; j'étais un empereur prestigieux, certes, mais je voulais être aussi un roi bienveillant et bénéfique pour tous. Je m'arrêtais plus longuement à Abydos ; j'allais rendre à mon père en son temple-cénotaphe les hommages rituels ; cette halte me permettait aussi de constater l'état d'avancement des travaux sur le site, tant la restauration des très anciennes tombes royales devenues ruines (travail que j'avais ordonné dès le début de mon règne) que l'érection des monuments consacrés à mon père et à moi-même.

Thèbes, où je retrouvais mes souvenirs d'enfance, m'émerveillait toujours par la majesté de ses temples. A Karnak, j'accomplissais les rites sacrés pour mon père Amon-Rê ; je ne me lassais pas de contempler la grande « forêt » pétrifiée que constituaient les cent trente-quatre colonnes de la salle hypostyle, témoignage de la grandeur de l'Egypte, du prestige d'Amon le roi des dieux, mais aussi de l'incomparable maîtrise technique à laquelle étaient parvenus les architectes, les sculpteurs et les peintres. Dans l'enceinte même du grand temple, je fis construire de petits temples annexes, consacrés à Amon ou aux divinités associées ; l'un d'eux se trouvait dans la partie orientale du domaine, orienté vers l'Est, vers le soleil levant. A Louxor, je visitais aussi le temple que j'avais fait ériger, dès le début de mon règne, au nord de celui bâti par Nebmaâtrê Amenhotep, l'un et l'autre constituant un seul et unique ensemble sacré.

Lorsque mes devoirs de fils divin étaient ainsi accomplis à l'égard des dieux qui résidaient en leurs sanctuaires sur la rive droite du fleuve, je passais, dans l'aube fraîche d'un matin, sur la rive gauche, pour inspecter mes monuments funéraires : mon château de millions d'années, que j'avais voulu immense à la mesure de ma puissance ; on s'affairait aussi plus à l'Ouest, dans la Vallée des rois, pour aménager ma maison d'éternité : une nombreuse équipe (une soixantaine d'hommes) y travaillait. J'aimais à m'attarder dans le village de Deir el Medineh, fondé voici deux cent cinquante ans par le premier des souverains Thoutmosis pour tous ceux, artisans et ouvriers, qui travaillent pour les tombes et les châteaux royaux. Pauvre à l'origine, le village fut rebâti et réorganisé par mon père — œuvre que je poursuivis — suivant un évident souci d'urbanisme réfléchi, dans la disposition des rues rectilignes, le long desquelles s'alignaient les maisons faites de briques séchées, des maisons plus profondes que larges ; dans la pièce principale, dont le toit surélevé, soutenu par une colonne, permettait à la lumière de pénétrer, de petites niches étaient creusées dans les murs et abritaient l'image des dieux locaux protecteurs du foyer et de la famille. L'ensemble était clair, presque joyeux, avec les murs blanchis à la chaux, parfois ornés de peintures, les portes enduites de rouge, la couleur qui éloigne les esprits malfaisants. Tout cela attestait de la nouvelle prospérité du village. Comme mon père, j'ai toujours veillé à ce que les artisans ne manquent de rien, qu'ils soient pourvus d'une alimentation abondante et qu'ils soient assurés d'une juste protection : ils étaient, à Deir el Medineh, les serviteurs de la Place de Vérité. Ils creusaient et décoraient aussi leurs propres tombes, qui s'étageaient, soigneusement alignées, sur le flanc de la colline ; un ensemble reconnaissable de loin, avec les chapelles de briques peintes à la chaux, chacune étant surmontée d'une petite pyramide ; les peintures qui recouvraient les murs intérieurs de la tombe constituaient une chronique colorée de la vie du village et des familles. Ainsi, lorsqu'on pénétrait dans la tombe du sculpteur Ipouy, par exemple, on pouvait voir se dérouler les travaux des champs, la vendange, la pêche sur le fleuve, le retour de la chasse au désert, le marché et ses commerçants affairés. La vie du peuple. J'aimais visiter les ateliers des sculpteurs et des peintres, ces façonneurs de formes, des créateurs qui méritaient l'estime ; je regardais les projets dessinés sur papyrus, j'admirais l'habileté des coloristes, je voyais peu à peu se détacher du bloc de pierre les formes sculptées ; je pensais que les artistes étaient, à leur manière, des démiurges inspirés. Je voulais parfois participer à ce jeu de la mise au monde des formes ; il m'arrivait de prendre le pinceau et d'ajouter à une peinture quelques touches de couleur ; ainsi je poursuivais une vieille tradition royale : il y a longtemps, le roi Sahourê — l'histoire était encore contée plus de mille ans après — avait peint lui-même de sa main, en couleur bleu de lapis-lazuli, les fausses portes qu'il avait offertes à Ny-ankh-Sekhmet, chef des médecins de la Cour.

J'encourageais la carrière des artistes les plus habiles. Ainsi, un peintre que j'avais distingué termina sa vie comme flabellifère auprès de moi. Je connaissais aussi Ramose ; fils d'un messager royal, il avait d'abord été attaché, très jeune, au trésor du temple funéraire de Menkheperourê Thoutmosis[96] ; intelligent et avisé, il fut remarqué par le vizir Paser qui l'envoya à Deir el Medineh ; en l'an 5 de mon règne, quelques mois avant Kadesh, il devint alors scribe en la Place de Vérité ; il s'enrichit très vite et devint maire de Thèbes.

Lors de ce séjour méridional, je rencontrais aussi, bien sûr, le grand-prêtre d'Amon et le vizir du Sud, pour discuter des affaires et diriger leurs tâches. Les années de paix, si elles sont le temps des loisirs heureux, permettent aussi une surveillance plus étroite et plus sûre des rouages du gouvernement intérieur de l'Etat.

III

LE LENT CHEMIN VERS LA VIEILLESSE

Des hommes nouveaux m'aident maintenant

Ainsi vont mes souvenirs. Voilà trente-sept ans que je suis monté sur le trône d'Horus des vivants et que j'ai coiffé la double couronne, symbole de la domination sur le royaume du Nil en ses deux parts naturelles. J'ai atteint l'âge de soixante-deux ans. Mes préoccupations demeurent les mêmes : assurer le maintien et la richesse du grand Empire que mes prédécesseurs et moi avons constitué grâce à notre puissance militaire et notre diplomatie avisée. Les amis fidèles des premières années ne sont plus à mes côtés ; Paser et les autres, pour la plupart, se reposent désormais dans leurs maisons d'éternité. D'autres compagnons m'aident maintenant dans les tâches du gouvernement matériel et spirituel de l'Empire, des compagnons sûrs qui méritèrent ma confiance ; ils sont nombreux ; je veux me souvenir de certains d'entre eux, ceux qui illustrèrent véritablement mon règne et conservèrent longtemps leur charge en raison de leurs éminentes qualités d'administrateurs.

Un personnage particulièrement important fut le vizir Rêhotep ; memphite d'origine, il était le plus jeune fils de Pahemneter, qui fut grand-prêtre de Ptah avant le pontificat de Khaemouaset. Rêhotep avait d'abord été père divin, supérieur des secrets du temple de la déesse Neith à Saïs, juge, et grand-prêtre de la déesse Maât ; puis je lui confiai, je l'ai dit, la grande-prêtrise de Rê et d'Atoum, à Heliopolis, et celle de Ptah, à Memphis. Il cumulait donc des charges importantes, tant laïques que cléricales ; mais je savais que je pouvais avoir confiance en lui, car c'était un homme au cœur juste et loyal, qui pratiquait chaque jour l'équité, un homme sage qui savait expliquer tous les travaux de Thoth. Il était en ma main, dans mon obédience, il s'était fait représenter sur une stèle pratiquant à mon égard le rite de l'adoration, louant le seigneur des apparitions glorieuses, Ramses-aimé-d'Amon, le dieu grand qui écoute les prières des hommes ; il figurait aussi élevant vers mon visage une statuette de Maât, assurant ainsi ma communion avec la Vérité et la Justice, selon le rite divin, et réjouissant mon cœur. Il était le prince à la tête du peuple des hommes et des serviteurs dans le pays tout entier.

Un autre dignitaire important, à l'époque, fut le grand-prêtre d'Amon, Bakenkhonsou. Thébain, fils d'un prêtre de Karnak, il naquit pendant le règne d'Horemheb, et commença sa carrière durant la souveraineté de Sethi. Lorsqu'il eut atteint l'âge de quatre ans, le roi, par égard pour le père de Bakenkhonsou, le pourvut du titre honorifique de chef de l'écurie de dressage du roi, titre qui le distinguait en lui donnant accès au palais. Douze ans après, il débuta une carrière ascensionnelle qui fut un exemple remarquable de conscience religieuse et de dévotion envers le dieu qu'il servait : il franchit successivement tous les échelons de la hiérarchie sacerdotale ; d'abord nommé prêtre aux mains pures, il fut ensuite père divin, pendant douze ans encore ; il passa ensuite quinze ans comme troisième serviteur d'Amon, puis douze ans en tant que deuxième serviteur. Ayant remarqué sa ferveur, appréciant sa connaissance des affaires de Karnak après tant d'années passées dans le temple (près d'une quarantaine), je l'élevai au pontificat en l'an 39 ; il devait dès lors diriger avec conscience et efficacité le culte d'Amon-Rê et veiller à la construction des monuments religieux. C'était un homme juste et équitable, qui respectait le dessein de son dieu et marchait sur son chemin, accomplissant fort bien les cérémonies à l'intérieur de son temple ; il fut aussi un grand maître d'œuvre à Karnak, jouissant de ma confiance. Ainsi, il fit construire pour moi un sanctuaire, qu'il appela « Ramses-aimé-d'Amon-qui-écoute-les-prières », situé à la porte supérieure du grand temple ; il érigea, dans son enceinte, des obélisques en granit, dont la beauté avoisinait le ciel ; devant eux était un bâtiment de pierre, faisant face à Thèbes ; des jardins furent irrigués et plantés d'arbres ; il fit aussi deux grandes portes d'or, dont la perfection rejoignait l'empyrée ; de très grands mâts furent taillés et érigés dans la cour sacrée qui était devant le temple. Il fit construire encore deux grandes barques d'or serties de pierres précieuses, à l'intention d'Amon, de Mout et de Khonsou, pour leurs déplacements sur le Nil. A Louxor, son œuvre dans le temple fut également fort importante.

Bakenkhonsou fait partie des fidèles serviteurs de ma famille ; il exerce encore sa charge au moment où je rédige ces Mémoires de ma vie, vingt et un ans après sa nomination. Très âgé (il a maintenant près de quatre-vingts ans) il adore et sert toujours son dieu, lui demandant, en récompense, de demeurer encore debout et heureux après l'âge de cent dix ans.

Setaou, homme jeune et dynamique, eut une vie brillante. Né dans le sérail, il fut l'un des nombreux enfants mis au monde pour moi par une concubine. J'avais voulu qu'il fût éduqué dans le palais royal ; il sortit de la Maison de l'Enseignement en qualité de scribe. Pourvu du titre d'honneur d'« Ami unique de Sa Majesté », il était encore très jeune lorsqu'il fut nommé scribe principal du vizir ; ce fut le début d'une longue et belle carrière, sur laquelle je veillais. Il était un administrateur efficace, percepteur zélé des impôts du pays, au service des temples et du roi : les offrandes divines offertes à tous les dieux furent augmentées, les trésors divins débordaient de toutes choses diverses ; il faisait transporter les moissons en grandes quantités dans les greniers royaux, qui regorgeaient de blé. Beaucoup d'efficacité certes ; mais ce zèle, parfois spoliateur, ne devait pas plaire beaucoup aux paysans. Je l'affectai alors plus spécialement, en tant que grand intendant, aux domaines d'Amon-Rê. Il fallait à ce moment un homme énergique pour veiller aux intérêts de l'Egypte dans les contrées méridionales, en Nubie et au Soudan ; je décidai, en l'an 38, de nommer Setaou à la haute charge de Vice-roi des pays du Sud ; il commença par doubler les impôts payés par la terre de Koush [97], et se vanta que les tributs de ce pays soient devenus aussi abondants que le sable des rivages ; cela devait entraîner une révolte des peuples de la région de Irem, toujours prompts à se rebeller, mais l'affaire fut de courte durée et Setaou triompha aisément des chefs de Irem et de Ikouyata ; il n'était pas mauvais que des opérations de force démontrent à ces peuples lointains la suprématie de l'Egypte. Son œuvre de constructeur mérita mes louanges : il restaura les temples du Sud qui étaient tombés en ruine, notamment celui de Ouadi es Seboua, et participa aux travaux sur les sites d'Abou Simbel et de Gerf Hussein ; pour augmenter la quantité de main-d'œuvre, jusque-là fournie par les indigènes, et ainsi poursuivre les travaux plus rapidement, il n'hésita pas à pratiquer des razzias parmi les populations des oasis libyennes : Kourkour et Dounkoul, notamment. Un homme rude, mais un fidèle serviteur, que je récompensai en le nommant « Premier des Amis du roi », à la tête des courtisans ; ceux-ci désormais s'inclinaient devant lui, ce dont il était très fier. Il exerce encore maintenant sa charge dans le Sud, cela depuis vingt-deux ans, tandis que je tente de relater mon prestigieux passé. J'aime conserver les hommes en place quand j'ai reconnu leur fidélité et leur efficacité ; ils connaissent mieux ainsi les détours et les secrets des affaires.

Tant d'autres, nombreux, m'aidèrent dans ma grande tâche, hantant les couloirs du palais, gouverneurs provinciaux, envoyés et diplomates parcourant les pistes du désert ou les plus lointains chemins des pays étrangers. Les maires étaient d'utiles administrateurs royaux gérant les grandes cités et me rendant des comptes ; je veillais à ce que la grande ville du Sud, Thèbes, assez éloignée de la capitale, fût dans la main d'amis ou d'hommes dévoués : ainsi en fut-il de Paser et de Ramose. A Memphis, quelques personnages se distinguèrent : Amenhotep dit Houy, Ptahmose.

Je m'attachai encore, comme je l'ai toujours fait, à promouvoir certains commandants d'armée particulièrement remarquables, et dont j'avais pu constater la vaillance sur le champ de bataille ; je pensais que le courage est une qualité essentielle, qui dénonce la valeur de l'homme et l'honore. Ce fut le cas de Souti, capitaine originaire du sud de la Haute Egypte, de la région d'Elephantine ; je l'appelai au palais ; bon courtisan, je l'appréciais ; il termina sa carrière comme général de l'armée et premier charrier du roi. Je lui confiai également de hautes charges civiles : notamment celle de chef du trésor royal, office important, qui impliquait de grandes responsabilités, puisqu'il devait assurer la répartition et la perception des impôts dans le pays et la vérification des revenus ; des comptes m'étaient rendus périodiquement lors de réunions tenues dans le palais. Souti mena heureusement à bien les tâches que je lui avais confiées.

Les qualités d'un homme, lorsqu'elles sont reconnues, peuvent lui permettre d'accéder à des postes divers : il n'y a pas de spécialisation dans l'efficacité ; l'essentiel demeure la valeur du personnage.

D'autres encore furent à mes côtés les administrateurs plus particuliers de mon château de millions d'années. Il y avait Tjia, mon beau-frère, il avait épousé l'une de mes sœurs ; je lui avais confié la gestion des finances du temple et du domaine ; il m'honora grandement. L'intendant en chef de mon château d'éternité fut un personnage assez remarquable, que j'estimais ; il fut, en ses origines, appelé Benazen, nom cananéen ; l'homme en effet venait de la localité de Zin-Bashan[98] ; lors de mes guerres victorieuses dans la région, il avait été emmené par l'armée, puis élevé en Egypte dans le harem de Mi-our, avec d'autres jeunes prisonniers étrangers. Devenu Egyptien, selon son vœu, il avait pris le nom de Ramses-em-per-Rê, qui affirmait son désir d'allégeance envers moi et envers le dieu d'Heliopolis. Il accomplit avec conscience sa tâche ; il fut un bon exemple de ce souci d'intégration des peuples, ce cosmopolitisme impérial qui fut l'un des fondements de ma politique.

A tous ceux-ci, à tous les autres, je pense en mon grand âge ; leur souvenir, par moments, me revient : un visage, une parole, des actes bénéfiques, des images soudainement apparues à mes yeux vieillissants et mon cœur las. Ils contribuèrent, tels des rameurs courageux, à faire avancer le vaisseau de l'Egypte[99] sur le chemin que j'avais tracé.

Mes jubilés

J'aimais ces grandes fêtes de la royauté qui assuraient mon prestige, une royauté toujours renaissante au gré des dieux, éternelle comme celle d'Osiris. La fête Sed était périodique ; elle avait lieu une première fois en la trentième année du règne d'un souverain, puis était renouvelée ensuite tous les trois ans. Un grand mystère se déroulait dont je fus alors le principal acteur ; il avait pour but de renouveler mon pouvoir sur la terre en même temps que mes forces vives ; il s'agissait d'une régénération du monarque et de la monarchie, par le truchement de rites magiques. La fête était générale : elle était à la fois celle des dieux et celle des hommes, tous assemblés autour de Pharaon. Au cours de ces fêtes, je me sentais en communion pleine et entière avec les forces de l'univers, potentat nécessaire à leur juste et harmonieux maintien, axe central du monde.

Je célébrai donc mon premier jubilé en l'an 30, j'avais alors cinquante-cinq ans. Ce fut ce jubilé dont les cérémonies ont impressionné le plus ma mémoire et dont je porte le souvenir en moi. Il se célébra dans la liesse du peuple et de la Cour, en la ville de Memphis, que j'avais moi-même choisie, pour cette grande panégyrie. Bientôt affluèrent vers la grande cité du Nord les statues des dieux et des déesses du pays entier, qui s'en venaient par bateaux sur le Nil et dont la présence affirmait la participation des divinités à la cérémonie. Memphis devint vite le centre vivant d'une population nombreuse et diverse ; les princes et les hauts dignitaires de la Cour s'y retrouvèrent ; des terres de l'Empire affluèrent les représentants empressés ; les pays étrangers avaient délégué leurs ambassadeurs ; on pouvait voir aussi dans la ville une foule bigarrée, venue rendre hommage au plus grand Empereur de l'Orient et confirmer sa puissance sur les contrées les plus lointaines. Pour quelques jours, Memphis fut à nouveau l'antique et prestigieuse capitale qu'elle avait été autrefois, au temps des premiers rois de l'Egypte.

Dans la cour publique du temple, on avait dressé, sur un piédestal, un pavillon léger, dans lequel avait été placé un trône. Une grande procession marquait le premier temps des cérémonies. Je sortis de mon palais, précédant les princes royaux, les deux vizirs et les hauts personnages de l'Etat, long défilé de tous ceux qui contribuaient au progrès de la monarchie, et qui s'avançaient au milieu des cris de joie du peuple rassemblé et fervent. Arrivé au temple, coiffé de la double couronne, je montai les marches du piédestal et m'assis sur le trône ; les rites de la confirmation de mon pouvoir commençaient alors. Roi en puissance, je tournais mon visage vers les quatre directions cardinales, d'abord le Sud et le Nord (qui constituaient l'axe directeur de la vie de l'Egypte, suivant le cours du Nil) puis l'Ouest et l'Est (horizons essentiels du cycle solaire, évoquant le passage de la mort nocturne à la vie du jour revenu) ; je prenais ainsi, par mon attitude, possession de la terre entière en toutes ses composantes. Pour affirmer le pouvoir exceptionnel qui m'avait été conféré, les dieux alors se manifestaient ; des prêtres, portant sur leurs visages des masques à l'effigie des divinités dont ils allaient mimer le rôle, se plaçaient, par groupes de deux, autour de moi et élevaient leurs mains au-dessus de ma tête, ce geste affirmant la protection divine sur ma personne : Tatenen et Seth (la personnification de la terre nouvelle, humide et féconde, qui jaillit, au début du temps, hors de l'étendue d'eau primordiale et le dieu des sables stériles) se plaçaient en direction du Sud — Atoum et Horus (le dieu créateur du commencement du monde et la divinité symbole de la royauté sur l'univers dont j'étais un avatar) se tournaient vers le Nord — Khepri et Geb (le soleil naissant à l'horizon et la personnification de la terre nouvelle) regardaient vers l'Ouest — Isis et Nephthys (la déesse présidant à toute naissance ou renaissance et sa sœur stérile, parèdre de Seth) faisaient face à l'Est. La symbolique de ces couples sacrés, formés de personnalités divines souvent complémentaires, illustrait parfaitement, aux yeux des prêtres, les forces de surgissement de l'univers, à l'aube du premier jour, ou dans la luminosité retrouvée de chaque matin. Ils appelaient, par leur présence et leurs gestes, ma nouvelle naissance avec des forces régénérées. Leur action était comme un prologue aux rites qui seront ensuite perpétrés dans le palais.

Des prêtres aux mains pures gravissaient alors les marches du piédestal et me faisaient offrande de divers objets sacrés, à moi, roi-dieu ainsi confirmé dans la fonction que j'avais jusqu'alors exercée : une enseigne terminée par une tête de bélier symbolique d'Amon, enseigne que les souverains, dans les cérémonies officielles, tenaient parfois le long de leur corps — une représentation d'Atoum — une statuette figurant un sphinx — cependant qu'un autre clerc récitait la formule : « Horus apparaît sur son trône, survient alors l'union du ciel et de la terre » — formule répétée quatre fois en direction, successivement, des quatre points cardinaux ; ces mots évoquaient le Moment premier où le ciel et la terre n'étaient pas séparés, les dieux régnant sur le monde. Ainsi, par la magie des gestes et des mots, je devenais le monarque primaire, essentiel, maître divin de l'univers, je retrouvais l'ordre cosmique initial.

Le premier temps des cérémonies étant terminé, la procession se reformait, quittait la cour du temple, et se rendait vers le lieu du palais choisi pour la célébration d'autres rites. En arrivant au palais, je coiffais la couronne blanche (couronne primordiale du Sud), prenais en mains les insignes royaux : le sceptre et le flagellum, et faisais aux divinités une grande offrande ; je m'asseyais ensuite sur un trône portatif, soulevé par six prêtres, et pénétrais ainsi dans la maison royale. Je revêtais le manteau jubilaire [100], proche en sa forme de la gaine qui enserre étroitement le corps de certaines divinités et d'où, seules, sortent les mains : Ptah, Osiris, Min, dieux créateurs, détenteurs de forces éternellement renouvelées comme celles de la végétation ; la « gaine » symbolisait l'écorce qui entoure l'arbre aux forces vives toujours renaissantes, prêtes à surgir et à se manifester dans un élan vital. Je me rendais alors dans une petite chapelle dont la forme imitait celle de la tombe [101] : je figurais le roi mort prêt pour la résurrection ; je m'allongeais sur un lit ; on teintait légèrement mes chairs avec de la couleur verte, j'étais ainsi tel Osiris après sa « mort », dieu agraire verdoyant, attendant la renaissance. Sur le dais, au-dessus du lit où j'étais étendu, étaient inscrits les mots : « Eveille-toi ! », les mots mêmes que l'on disait au dieu d'Abydos pour solliciter son retour à la vie ; à côté de moi, étaient placés les insignes du pouvoir, vêtements et armes, constituant comme un appel pour le retour à une royauté nouvelle. Paroles et attributs, tout m'invitait à revenir sur terre pour un nouveau destin royal ; les dieux allaient me prêter leur concours pour cet ultime accomplissement. Ils m'entouraient, garde vigilante et propice ; à ma gauche se tenaient les divinités protectrices habituelles du corps du défunt : Amset et Hapi (deux des fils d'Horus, respectivement à tête d'homme et à tête de babouin, qui, traditionnellement, veillaient sur les viscères des morts placés dans les vases canopes) et Anubis (le grand maître de la préservation des chairs). Osiris me faisait face, m'entraînant par son exemple. A ma droite, figuraient vingt autres dieux et déesses, parmi lesquels Douamoutef et Kebehsennouf (autres protecteurs des canopes, à tête de chien et à tête de faucon), Shou (dieu de l'air et du souffle), Thoth (le grand de magie) et Isis, à nouveau, qui était censée m'accueillir, en ma renaissance, de même qu'elle recevait sur ses mains divines les nouveau-nés royaux lors de leur naissance. Tous, ils m'invitaient à une résurrection prestigieuse. On accomplissait alors pour moi les rites du retour à la vie : on simulait l'ouverture de la bouche à l'aide d'une herminette, on m'offrait l'œil d'Horus, l'offrande même que le fils pieux avait présentée à son père Osiris ressuscité ; on me présentait une cruche de lait, allusion à l'allaitement de l'enfant royal par Isis nourricière. Je présentais alors l'image d'un souverain revenu au monde, revigoré, ayant reconquis l'énergie d'une nouvelle jeunesse et « rechargé » ses puissances vitales. Ce mystère se déroulait dans le secret du palais.

Un autre rite était alors accompli non loin de la maison royale, image concrète d'une aube de vie nouvelle, d'une reprise des forces nécessaires au maintien de l'existence. C'est le sens insistant de la fête en tous ses moments. Sur le sol gisait un arbre ébranché, le Djed, symbole de dieux agraires comme Osiris et Sokaris. Dans la première lumière du matin, je me dirigeais vers lui et, à l'aide de cordes, redressais ce gisant symbolique, en un geste soulignant l'élan vivificateur et évoquant le renouveau des forces végétales. C'était là un « jeu », reproduisant, sur le plan de la nature, le mystère dont j'avais été le sujet. A cette cérémonie, une nombreuse assistance était présente, comprenant notamment la reine et toute la famille royale, témoins d'une lignée vivante, féconde et poursuivie.

Enfin venait le troisième et dernier temps du jubilé ; ma

royauté ayant d'abord été confirmée, puis mes forces vives renouvelées après une mort mimée et passagère, il me restait à reprendre possession de mes terres et de mon pouvoir. D'abord intervenait le rite de la course, que j'accomplissais également non loin de la maison royale, comme au jour de mon couronnement ; vêtu d'un simple pagne, d'où pendait à l'arrière une queue d'animal (vieux symbole de la force du chasseur), précédé par l'enseigne d'Oup-Ouaout, le dieu chacal qui ouvre les chemins et les aplanit devant le souverain, je courais autour d'un périmètre fixé, qui était censé délimiter le domaine que je régentais. J'effectuais cette course à quatre reprises, en m'orientant successivement vers les quatre points cardinaux.

Enfin ma nouvelle royauté était définitivement affirmée au cours de la « reprise » des autres cérémonies du couronnement royal.

La ville alors s'abandonnait à la liesse et la fête populaire commençait, que j'honorais de mes largesses. Des poèmes étaient chantés en mon honneur ; j'ai conservé le texte de l'un d'eux, témoignage véridique de l'amour du peuple pour la monarchie, symbole, à ses yeux, de prospérité et de bien-vivre : « Elevé est le Nil pour la première fête Sed de Ousermaâtrê Setepenrê, le fils de Rê, Ramses-aimé-d'Amon, doué de vie. Le fleuve apporte une coudée d'eau, aucune digue ne tient devant lui, il atteint les collines, créateur de toutes les choses bénéfiques que l'on peut manger. Les cœurs sont heureux, les dieux font la fête et l'Egypte est en paix. L'Ennéade divine a rassemblé aussi la Haute Egypte pour multiplier tes aliments aussi abondants que les sables ; ton trésor est empli à déborder de toutes sortes de bonnes choses : huile d'olive, encens, vin sans limites ; tes greniers touchent au ciel, ils regorgent de nourritures aussi abondantes que les grains de sable. Après que ton père Amon a conçu en son cœur ta perfection, les cœurs de tous les dieux et de toutes les déesses sont satisfaits, ils passent le jour à la proclamer : Tu es le Roi, qui œuvre tout de ses mains, qui connaît sa puissance, un vaillant. » Dans la joie, les hommes clamaient leur reconnaissance envers moi.

La fête jubilaire demandait une longue préparation et requérait le concours d'administrateurs très compétents. Je désignais la ville où les cérémonies devaient se tenir ; je choisis d'abord Memphis, souhaitant que le premier jubilé de mon règne soit pour Ptah-Tatenen une immense et grande fête ; à cette occasion, je restaurai son temple et les chapelles du Palais du Jubilé, depuis longtemps ruinées ; ainsi je me rattachais au plus lointain passé de l'Egypte : n'est-ce pas à Memphis que les premières de ces panégyries royales furent célébrées dans l'antiquité ? Je choisissais ensuite la personnalité qui serait responsable de l'organisation des cérémonies ; ce fut, en l'année 30, mon fils, le prince Khaemouaset — dont les attaches memphites étaient importantes et qui était alors mon héritier présumé — que je chargeai de cette tâche ; il commença, selon la tradition, par diffuser à travers tous les pays l'annonce de la fête. Khaemouaset fut, en cela aussi, un excellent administrateur, qui continua à gérer les cérémonies de quatre autres jubilés, célébrés à Per-Ramses où j'avais fait construire une majestueuse Salle des fêtes, les jubilés des années 33, 36, 40 et 43 ; pour l'organisation des deux derniers, j'avais ordonné que le vizir Khay, maire de Thèbes, l'assiste, afin que la grande ville du Sud ne soit pas tenue trop longtemps éloignée de la préparation de la fête de la royauté. Je chargeai ensuite de l'organisation des jubilés suivants le seul Khay. Après la célébration du neuvième jubilé, en l'an 54, je décidai de confier à des Thébains le soin d'annoncer et de préparer les cérémonies rituelles, Youpa, d'abord, en 54 : il était grand intendant du temple d'Amon ; puis en 57 et 60, ce fut le tour du vizir du Sud, maire de la Ville, Neferrenpet.

Le clergé d'Amon, qui reprenait alors de l'importance, grâce à quelques clercs particulièrement dévoués à leur dieu, tel Bakenkhonsou, avait beaucoup influé sur ma décision ; les prêtres thébains souhaitaient en effet que leur ville accueille aussi la célébration des rites jubilaires et j'accédai à leur demande de plus en plus pressante.

La tenue de ces cérémonies était une grande affaire dans la vie de l'Etat ; elles répondaient à la conception mythique d'un souverain éternel, à qui l'on infusait périodiquement de nouvelles forces de vie. Cette croyance n'était pas le privilège unique de l'Egypte ; des prêtres m'avaient dit que certaines tribus africaines pratiquaient aussi la mise à mort fictive du chef de la tribu pour l'inciter ensuite magiquement à une vie nouvelle et rajeunie ; mais la cérémonie était moins grandiose, moins élaborée, moins hautement significative qu'en Egypte. Ils m'avaient dit également que, dans certaines cités phéniciennes du littoral méditerranéen, à Tyr notamment, on pratiquait la régénération du Prince au moyen du feu : on le brûlait en effigie, afin qu'il renaisse plus fort de ses cendres, tel l'oiseau phénix en son temps.

La vie est chose tout à la fois naturelle et magique ; selon la volonté des divinités elle peut se poursuivre au-delà de la terre, auprès du dieu qui aime le silence, ou continuer à se manifester parmi les hommes. Les rites préparent, suggèrent les décisions divines, mais ne peuvent rendre vraiment la jeunesse perdue ; au moment où j'écris, je viens de célébrer à Thèbes mon onzième jubilé, après soixante ans de règne ; aucun geste, aucune attitude, aucune parole ne m'ont rendu l'enthousiasme et l'ardeur de mes jeunes années. Mais, dans le grand âge et la lassitude venue, je poursuis la tâche que les dieux m'ont confiée, en respectant et maintenant les traditions, jusqu'à ce que je rejoigne pour l'éternité le monde de mes frères divins.

J'ai assuré la présence universelle et la richesse de l'Egypte

Grâce à mon courage et ma persévérance, l'Egypte était devenue le plus grand Empire du monde, riche et stable jusqu'alors, un Empire vaste et prospère, à qui tous les pays, proches ou lointains, venaient rendre hommage. J'ai voulu que l'image éternise cette grandeur ; dans la cour du temple que j'avais érigé à Louxor, j'ai fait sculpter la représentation, en un long défilé, de trente et un personnages venant m'apporter des cadeaux provenant de leurs terres, de leurs montagnes et de leurs collines ; Egyptiens, Africains, Asiatiques s'avancent en me disant pour m'honorer : « Je viens et je t'apporte... », et les apports sont riches et des plus précieux. En Egypte même, les villes d'Edfou et de Koptos étaient des marchés importants au débouché des chemins asiatiques venant de l'Arabie et de la mer Rouge ; ces villes m'offraient l'or, l'antimoine, les pierres précieuses par centaines et dizaines de mille ; il est habituel, dans un texte, de magnifier la quantité des offrandes délivrées : ainsi veut être soulignée leur importance ; certes l'imagination verbale dépasse le fait précis, transcende le concret, mais le mot ayant pouvoir créateur, le texte inscrit sur la pierre garantit la pérennité de ces dons prestigieux ; nous sommes toujours, en Egypte, à la recherche de l'immense et de l'éternel. Venant d'Afrique, affluaient, portés par le représentant de Pount, des pierres précieuses en tas et l'encens ; des oasis du désert libyque (Khargeh, Farafrah, Dakhleh), des pierres précieuses en monceaux. L'Asie contribuait, jusque dans les régions les plus lointaines, à la reconnaissance de la puissance égyptienne : Sangar, au nord de Babylone, offrait l'argent et les pierres précieuses ; le Naharina, les régions des marécages de la terre[102], la Phénicie apportaient aussi leurs riches présents. J'avais voulu que les îles de l'Egée et de la Méditerranée figurent également dans ce cortège d'honneur : les Cyclades, Chypre qui faisait don d'argent et de cuivre par centaines de millions et dizaines de mille, la Crète offrait toutes sortes de pierres précieuses en grands monceaux. Une longue, très longue procession qui représentait l'expansion universelle que connut l'Egypte sous mon règne. Je n'ai voulu mentionner dans les images sculptées à Louxor que les dons les plus rares, afin de mieux glorifier ces hommages rendus à ma personne, mais, dans la réalité, les apports étaient beaucoup plus nombreux et divers. C'est Ptah qui avait fait que les pays étrangers créent pour moi toutes sortes de riches pierres précieuses afin qu'elles soient heureusement placées dans les monuments bâtis en mon nom ; c'est lui qui avait fait que tous les travaux entrepris soient pour moi bénéfiques et que, pour moi, travaillent tous les artisans, tout ce qui marche sur deux pieds ou sur quatre pieds, tout ce qui vole et prend son essor, dans un grand élan de foi et de reconnaissance envers ma personne. C'est Ptah encore qui avait placé dans le cœur de chaque pays le désir de me faire offrande et de travailler pour moi, les princes, grands et petits, n'ayant qu'un seul cœur pour m'être agréable, moi, Ousermaâtrê-Setepenrê, fils de Rê, Ramses-aimé-d'Amon.

Louxor apprendra ainsi aux générations à venir que la présence de l'Egypte était instante alors dans tout l'univers.

J'ai voulu fortifier encore l'actuelle expansion de l'Egypte. En ce monde prospère, les ports, maintenant, jouaient un grand rôle dans le commerce international et les échanges. Un jour, je songeai que l'Egypte ne disposait que de ports fluviaux ; certes les ports phéniciens, point d'aboutissement de la grande voie caravanière qui traversait les sables depuis Babylone jusqu'aux rivages de la Méditerranée, étaient sous ma dépendance ; les rapports Est-Ouest, ainsi, étaient aisés, dans ma main. Mais je voulus également étendre mon influence économique du Nord au Sud ; le Nil avait toujours été la grande voie de communication qui assurait les relations entre l'Hellespont et le cœur de l'Afrique : les voiliers partis des Cyclades pouvaient, après avoir atteint le delta du fleuve, continuer à naviguer jusqu'à Memphis ou Thèbes et même poursuivre leur route jusqu'au Soudan ; mais ces ports fluviaux n'étaient plus assez importants pour un trafic qui s'intensifiait et un commerce en plein développement entre les Etats. Il fallait que, sur les rivages marins, un grand port puisse accueillir des navires nombreux et constituer une escale heureuse et privilégiée pour une navigation plus lointaine sur les rivages d'Afrique. Seul Menkheperrê Thoutmosis, avant moi, avait pensé à l'utilité d'un vaste port situé sur la Méditerranée ; il avait même choisi le site et accompli quelques travaux. Je décidai de reprendre son projet. C'est donc à Pharos, à l'ouest du delta du Nil, que je fis entreprendre de grandes constructions ; le lieu m'apparaissait, comme à mon prédécesseur, un site choisi, et bientôt les grands voiliers venus de contrées lointaines y firent halte ; les bateaux de l'Ionie et de l'Egée y étaient naturellement poussés par les vents étésiens, soufflant du Nord durant l'été. Pharos se trouvait également sur le passage des navires phéniciens faisant voile depuis Tyr, Sidon ou Byblos vers les ports d'Afrique. Pharos constituait aussi un poste d'observation unique qui permettait de surveiller à la fois la haute mer, la côte du Delta et les confins libyques. Les travaux maritimes que j'entrepris furent gigantesques : une jetée de sept cents mètres fut lancée dans la mer et protégée par un brise-lames de deux kilomètres, qui donnait accès à une rade où des quais de débarquement de quatorze mètres de large s'étendaient sur soixante hectares de bassins. Ceux qui régneront après moi sur l'Egypte, fût-ce dans quelques millénaires, utiliseront encore ce port, véritable capitale de la mer, et loueront mon intelligence politique. Un port marin à la mesure de la puissance de mon vaste Empire.

Ainsi, grâce à mon courage et ma lucidité, l'Egypte regorgeait de richesses. Les hommes chantaient pour moi des hymnes en reconnaissance ; pour eux j'étais la nourrice du pays tout entier ; on se réjouissait et l'on se rassasiait rien qu'en me voyant, car sous mes pieds étaient la nourriture, les poissons et les volailles. Les aliments m'appartenaient : le ciel m'était donné ainsi que ce qu'il contient ; Geb, divinité de la terre, m'était amené avec ce qui est en lui ; les eaux fraîches venaient vers moi ; si j'ouvrais la bouche, j'enrichissais qui je voulais, car j'étais un Khnoum vivant et ma royauté était forte et puissante comme celle de Rê quand, à l'aube des temps, il gouvernait le Double Pays.

D'autres années, encore à venir...

Le corps et le cœur las, maintenant, je repense ainsi à ma vie, ma longue vie. J'ai réalisé les projets que je faisais, à Louxor, au temps de mon enfance, j'ai fait de l'Egypte le centre d'un vaste et riche Empire. J'ai vu le jeune soleil de chaque aube apparaître en sa gloire dans les contrées les plus lointaines ; j'ai parcouru tant de chemins dans les collines, les montagnes et sur les sables ; les hommes de tous pays se sont prosternés devant moi. J'ai été le glorieux Soleil des Neuf Arcs. Les dures batailles que j'ai livrées durant ma jeunesse ont valu ensuite au monde une longue et bienheureuse paix. Mes décisions ont toujours fait leur chemin librement et j'ai accompli des choses élevées. J'ai vécu longtemps car j'ai toujours marché sur les pas de la Vérité et de la Justice. J'ai célébré les fêtes des dieux chaque fois que le temps en était venu : les chants, les danses, l'encens sont la nourriture des êtres divins, et leur richesse est de recevoir ceux qui viennent leur rendre hommage, ils magnifient alors qui les honore.

Je suis maintenant un homme vieillissant qui s'interroge sur l'avenir ; mais on ne sait ce qui peut arriver au lendemain d'un jour, on ne connaît pas les dispositions de celui-ci, et lorsque s'est écoulé le courant de l'eau de l'an passé, un autre vient en l'année nouvelle, dont on ne sait ce qu'il peut apporter. Les dieux aussi vieillissent ; une légende conte comment Rê, un jour, subit quelques atteintes de l'âge, au temps lointain où les dieux et les hommes vivaient ensemble sur la terre.

Mon fils Merenptah, âgé maintenant d'une cinquantaine d'années, saura, je l'espère, continuer la tâche qui fut mienne ; c'est un homme expérimenté, qui connaît bien les affaires. Mais les choses changent, les situations évoluent, et je n'ai plus toujours la force nécessaire pour maîtriser énergiquement les événements nouveaux. Je sais que des problèmes, peu à peu, lentement, naissent, qui pourront peut-être, en un temps plus ou moins lointain, mettre en péril l'organisation du pays.

Les prêtres ont toujours été gens avides d'indépendance et souvent de pouvoir ; cela se manifeste surtout en Haute Egypte, plus que dans la basse vallée du fleuve. La tradition, reprise par mon père et que je poursuivis, était de conférer souvent l'immunité à une fondation érigée en faveur d'un temple ; ainsi, les clercs qui y étaient rattachés étaient exonérés d'impôts et libres de toute prestation publique ; le domaine du temple devenait une cellule autonome, hors de toute autorité de l'Etat ; les terres, une fois données, étaient inaliénables, et les prêtres avaient de plus en plus tendance à devenir héréditaires : ainsi en fut-il, notamment, à Denderah, Abydos, Thinis. Cela entraîna peu à peu l'existence, dans le domaine royal, de petites enclaves pratiquement indépendantes, ayant non seulement pouvoir administratif, mais aussi judiciaire ; leurs résidents échappaient à la justice royale pour dépendre de celle du dieu ; en cas de litige, c'était donc le tribunal du temple, et non celui du vizir, qui statuait. Or le désir des prêtres était alors d'étendre une semblable immunité, non plus seulement à certains domaines réservés, comme il en existait jusqu'alors, mais au pays tout entier. Le clergé thébain était le plus actif et le plus ambitieux ; le grand-prêtre Bakenkhonsou avait obtenu de moi, en l'an 46, la création à Thèbes, à côté de la Cour dépendant du vizir, d'une Cour sacerdotale constituée de prêtres. Le clergé d'Amon disposait aussi de sa propre milice. Ainsi les terres et les propriétés de certains temples étaient peu à peu devenues de véritables domaines seigneuriaux, enrichis par mes largesses au retour de campagnes victorieuses ; cependant que de grandes familles accaparaient les charges religieuses importantes. Ces pouvoirs locaux, cléricaux, risquaient d'empiéter sur l'autorité royale. De tout cela je me rendais compte ; le « mouvement » s'amorçait, je tentais de le freiner. Cela n'avait pas été pure faiblesse de ma part, mais bien plutôt le souci de ne pas créer de troubles locaux importants afin de continuer à goûter les bonheurs de la paix. J'étais toujours respecté et adoré, et tant que je vivrai la situation n'aura pas de conséquences majeures ; mais après moi ? L'ambition des hommes, leur quête du pouvoir sont choses dangereuses pour la vie d'un Etat.

Une autre difficulté potentielle se présentait ; j'avais donné à mes compagnons de combat, officiers et généraux de l'armée des victoires, des terres inaliénables, des gratifications en or, en même temps qu'un important personnel domestique constitué par les prisonniers qu'ils avaient ramenés de leurs campagnes. Dotés ainsi d'une richesse temporelle certaine, leur statut était celui de privilégiés. Une véritable caste s'était ainsi constituée ; elle ne présente aucun danger pour le pouvoir central tant que je régnerai, mais elle devra ensuite être maintenue fermement dans la dépendance du souverain.

Il y avait aussi le problème des travailleurs immigrés, problème que je traitai avec une grande fermeté. Les prêtres étaient indispensables à la vie spirituelle, quotidienne de l'Empire ; les hommes d'armes m'avaient secondé dans mes conquêtes lointaines ; je me devais de les récompenser et de les ménager les uns et les autres. Il en allait tout autrement des étrangers implantés en Egypte ; ceux-ci avaient double origine : il y avait d'une part les hommes libres venant chercher du travail en Egypte, où la vie était facile et les coutumes hospitalières ; ils constituaient une main-d'œuvre utile, en ces temps où j'avais entrepris de grandes constructions, depuis la Méditerranée jusqu'au cœur du Soudan. Certains s'étaient parfaitement intégrés : mais j'avais toujours exigé, pour ces hommes en quête d'emploi, un rigoureux contrôle aux frontières afin d'éviter tout travail clandestin qui aurait pu amener désorganisation et troubles ; des officiers devaient noter, pour chacun de ces immigrés, lorsqu'ils pénétraient en Egypte, le jour de passage, le lieu d'origine, l'état-civil et le nom du père. Leur statut était le même que celui des ouvriers égyptiens. A ces travailleurs libres s'ajoutaient les prisonniers de guerre qui, eux, constituaient une main-d'œuvre servile.

Souvent ils se regroupaient par nationalité sur un même chantier. Ainsi, autour de Karnak, depuis Menkheperrê Thoutmosis, vivaient des colonies syriennes ; aux ouvriers vinrent rapidement s'adjoindre d'ailleurs des commerçants. A proximité, à Louxor, près du temple de Nebmaâtrê Amenhotep, un quartier syrien était aussi installé. Dans les carrières de Toura, sur la rive droite du Nil, face à Memphis, travaillent encore des Hyksos. Des Phéniciens furent employés pour édifier le grand temple de Ptah, à Memphis ; ils travaillent aussi dans les chantiers de construction navale du grand port fluvial. Des Hébreux, à l'est du Delta, fabriquaient des briques nécessaires à la construction, utilisées notamment pour celle de la ville de Per-Ramses.

Il arrivait que des tribus étrangères fussent chassées d'Egypte à la suite de quelque insubordination ou de requêtes injustifiées ; ce fut le cas des Hébreux, qui constituaient une tribu particulièrement agitée. Comme les autres ouvriers étrangers, ils avaient conservé leurs coutumes, leur culte et leurs chefs ; Aaron les dirigeait. J'avais entendu parler de Moïse, un enfant hébreu qui avait été recueilli par la fille de Nebmaâtrê Amenhotep, alors qu'il dérivait sur le fleuve dans un berceau, abandonné par sa mère ; il avait été ensuite élevé dans le palais royal : il était d'usage, en effet, que les enfants des étrangers particulièrement doués et dont on avait reconnu les aptitudes, fussent éduqués dans nos écoles et instruits dans la sagesse des Egyptiens ; souvent ensuite ils entraient dans l'administration où on les utilisait pour entretenir des rapports avec leurs contrées d'origine : ce système avait toujours donné de bons résultats. Ce fut le cas de Moïse, protégé dans sa jeunesse par le pharaon Horemheb. On m'avait, à son sujet, rapporté un fait regrettable, qui prouve son ingratitude : Moïse, un jour, avait tué un Egyptien, contremaître sur un chantier, car il l'avait vu frapper un travailleur hébreu, à coups de bâton ; en fait la bastonnade était la peine usuelle, édictée par les tribunaux d'ouvriers en cas de faute ; mais la nouvelle de ce meurtre se répandit et Moïse dut s'enfuir jusqu'au pays de Madian. Lorsqu'il revint, il vint me voir avec Aaron, lors d'une de mes audiences publiques ; il me demanda de permettre aux Hébreux d'aller passer trois jours dans le désert pour célébrer dans le recueillement la fête de leur dieu, qu'ils appelaient l'Eternel — éternel comme tous les dieux qu'adorent les hommes en quête de durée ; leur contremaître n'avait pas voulu pour cela interrompre l'activité du chantier. J'accueillais volontiers les divinités étrangères — Per-Ramses en est un témoignage — et chacun était libre de célébrer les cérémonies rituelles afférant aux divers cultes ; mais je ne pouvais consentir à ce que les Hébreux se distraient ainsi de leur tâche quotidienne pendant trois jours. On me dit ensuite qu'ils avaient cessé leur activité, prétextant qu'ils n'avaient pas la quantité de paille suffisante pour fabriquer des briques. J'avais d'autres sujets de préoccupation plus importants que ces réclamations constantes et mesquines ; je les soupçonnais surtout d'user de tous les moyens pour ne pas travailler. Aussi, après l'escalade des prodiges et des plaies, je décidai de les chasser hors d'Egypte. Je sais qu'ils diront ensuite qu'ils avaient dû s'enfuir et que je les avais fait poursuivre par des soldats, car je craignais de manquer de main-d'œuvre ; ils étaient certes, lorsqu'ils travaillaient, d'habiles briquetiers, mais je ne manquais pas d'ouvriers tout aussi qualifiés ; les travailleurs, tant Egyptiens qu'étrangers, étaient assez nombreux pour les remplacer sans problèmes. Leur punition vint vite dans le désert de Sin ; des tribus bédouines qui avaient rencontré cet exode rapportèrent en effet que les Hébreux, affamés, rêvaient des riches nourritures du pays d'Egypte ; ils pleuraient, m'a-t-on conté, et disaient en s'adressant à Moïse et Aaron : « Au pays d'Egypte, nous étions assis près des pots de viande, nous mangions du pain à satiété. Vous nous avez amenés dans ce désert pour nous faire mourir de faim. Il nous souvient des poissons que nous mangions pour rien en Egypte, des concombres, des melons, des poireaux, des oignons et de l'ail. Et maintenant notre âme est desséchée, il n'y a rien du tout, nos yeux ne voient que la manne »[103]. Il sera toujours nécessaire d'user d'une politique ferme envers les ouvriers étrangers qui viennent profiter des richesses et de la vie facile de notre pays privilégié.

Une énergique surveillance et une grande lucidité seront donc constamment nécessaires pour maintenir l'autorité de l'Etat sur les pouvoirs locaux et réprimer sévèrement les fauteurs de troubles.

Une vigilance accrue aussi est désormais indispensable à l'égard des dangers qui viennent du reste du monde, et qui se précisent maintenant, lourdes menaces venant de la mer et de la terre. On m'avait rapporté que de grands mouvements de peuples, au Nord, mettaient en péril l'ordre établi et l'équilibre des nations. Certes, je connaissais de long temps les ambitions territoriales du royaume d'Assyrie, la puissance dominante dans le monde mésopotamien ; je savais que les souverains de Ninive cherchaient constamment à étendre leur influence sur les pays sous hégémonie hittite, et notamment dans les régions de la Syrie du Nord ; pour l'instant, cela se bornait encore à des manœuvres politiques sournoises. Mais des périls plus lourds apparaissaient : les Achéens, vainqueurs de Troie, avaient rejoint leurs villes, extrêmement florissantes alors, lorsque des vagues d'envahisseurs, des peuples doriens venus du Nord, commencèrent à pénétrer sur leurs terres ; bientôt, me dit-on, tout le pays fut conquis par ces peuples nombreux, qui commirent sur leur passage beaucoup de destructions : ils brûlèrent notamment toutes les grandes et riches cités achéennes. Du Péloponnèse, les Doriens passèrent ensuite en Crète, conquirent l'île de Rhodes, atteignirent l'Asie Mineure, où les colonies achéennes du littoral furent occupées. Les nouvelles qui me parvenaient ainsi étaient très graves, extrêmement préoccupantes. Je rends hommage au courage du souverain hittite, Toudhalija, le fils d'Hattousili qui avait succédé à son père à la mort de celui-ci ; il était donc mon beau-frère ; sa vaillance et celle de son armée arrêtèrent la progression des envahisseurs et les empêchèrent d'atteindre l'île de Chypre, proche de l'Egypte. L'une des conséquences de cette guerre fut toutefois redoutable pour nous : en effet, les Achéens qui ne voulurent pas se soumettre aux nouveaux maîtres du pays s'enfuirent sur leurs navires, à la recherche d'une terre d'asile ; ils firent voile vers la Phénicie, la Libye, le pays de Canaan — aux portes de l'Egypte ; ils ne surent encore atteindre notre pays, mais, dans un temps plus ou moins long, ne seront-ils pas poussés par le désir de pénétrer sur cette terre riche et prospère des bords du Nil ?

Un autre déferlement de populations se conjugua avec celui qui entraîna la fuite des Achéens : comme au temps de Sehetepibrê Amenemhat et de ses successeurs, voici bientôt près de mille ans, des peuples, venus des confins de l'Asie [104], se répandirent en Asie Mineure. Toudhalija tenta, courageusement, de résister sur tous les fronts d'attaque ; cette invasion nouvelle, au Nord, créa un nouveau péril pour l'Egypte : en effet, chassées d'Asie Mineure, les populations côtières : Mysiens, Lydiens, Cariens, Lyciens, Etrusques, Philistins, s'embarquèrent et naviguèrent vers la Libye ; d'autres, par voie de terre, descendirent le long de la côte méditerranéenne, en un immense exode.

L'ensemble de ces peuples du Nord et de la mer « campaient » donc à proximité des frontières du pays ; ils ne tentèrent pas encore d'y pénétrer. J'étais trop âgé pour entreprendre moi-même une vaste campagne militaire et je jugeais le moment encore inopportun ; il était plus sage pour moi, alors, d'attendre une offensive de ces peuples sans terre ; j'espère que mon fils saura y faire face, quand j'aurai rejoint mon lointain horizon d'éternité.

L'ordre et l'équilibre mondial que j'avais su établir n'étaient plus, sous la poussée de peuples nouvellement arrivés. Tous ces événements assombrissent ces années de ma vie que je sais être les dernières. Un autre monde naîtra, que, je l'espère, mes descendants sauront dominer, comme j'ai dominé l'ancien.

J'attends maintenant le retour auprès des dieux mes frères

Vieillard, en mon palais, je songe à l'instabilité du monde, aux événements imprévisibles qui tout à coup le bouleversent. Les pulsions soudaines des hommes ne dépendent pas du domaine de la raison, de l'intelligence humaines ; ce sont les dieux qui décident du sort de l'univers, les créatures sont entre leurs mains. Je suis reconnaissant envers les divinités de m'avoir permis d'enrichir l'Egypte et de lui avoir donné cinquante ans d'une heureuse paix. Les situations de l'histoire se renversent souvent brutalement ; oui, nul ne connaît le lendemain.

On dit qu'au moment où l'on se rapproche de la mort terrestre, les événements de la vie apparaissent, vifs encore, dans le souvenir ; je me suis souvenu. Souvenirs de mon enfance, le moment des prises de connaissance et de tant d'espérances encore inassouvies. Le temps de ma jeunesse est toujours présent aussi en ma mémoire, ma jeunesse enthousiaste, marquée d'exploits héroïques, temps royal de la prise en main du monde et de la recherche du meilleur pour que les hommes d'Egypte vivent dans la paix et la prospérité. Je me souviens des longues années de paix, de l'existence heureuse auprès de ma famille et de mes amis, des jours lumineux et des nuits fraîches, dans un équilibre de vie trouvé désormais et maintenu ; jours d'orgueil aussi quand s'exprimait ma majesté royale ou lorsqu'on rendait hommage à ma divine essence. Dans tous les événements qui marquèrent mon existence sur la terre, je sus conserver toujours une grande lucidité politique, un souci constant de faire en sorte que l'Egypte, mon pays bien-aimé, soit la plus forte et la plus prospère des nations du monde, à laquelle tous s'attachent à rendre hommage. Je laisse à mon fils un Empire encore vaste et riche, mais sur lequel pèsent déjà des menaces étrangères ; puissent les divinités l'aider dans sa tâche, afin qu'il poursuive mon œuvre.

Je vais maintenant, quand les dieux le décideront, rejoindre l'éternité. Je monterai vers mon horizon ; dans un grand déploiement, les portes du ciel s'ouvriront devant moi, cependant que le cœur des dieux tressaillera à mon approche. Je frapperai la terre de mes pieds pour prendre mon essor vers le ciel, je m'élèverai sur la fumée de l'encens divin et m'assiérai sur le trône de Rê en sa barque du jour. Je foulerai la radiance du Soleil, je serai son compagnon pendant le jour et la nuit, accomplissant avec lui le circuit essentiel, donneur de chaleur, de lumière et de vie ; je fendrai sur son navire, durant le jour, le firmament de cuivre, puis, avec lui, me coucherai en vie dans l'Occident, apportant la lumière et le souffle aux défunts qui se presseront, hors des ténèbres du pays souterrain, sur les rives du fleuve d'en bas, et je renaîtrai avec lui, jeune et vigoureux, dans l'aube fraîche de chaque matin. Etre sacré, je me fondrai tout entier dans un univers sans limites ; en une magique féerie de mouvements, je déploierai mes ailes, semblables à celles du faucon à la large poitrine, ou celles de l'épervier, lorsqu'on le voit, le soir, pendant qu'il traverse le ciel, et je volerai sans fin dans l'empyrée que je dominerai. Je serai aussi l'Etoile impérissable qui brille, la nuit, sur le corps de Nout, la déesse des étendues célestes. Je serai, avec Thoth, la lune de la nuit. Horus ressuscité, je m'assiérai sur le trône d'Osiris, en son souterrain séjour ; en me voyant, il m'étreindra et me donnera sa protection magique.

Je connaîtrai la liberté, cette extrême liberté d'être, qui permet de parcourir, sans frein et sans limites, le vaste univers, et de prendre toutes les formes désirées. J'assumerai tous les destins dans l'infinie durée, j'aurai tous les pouvoirs. Je vivrai à jamais dans la vie retrouvée, de cette douce existence dont vit le seigneur de l'horizon, dans une efficience magique totale ; je serai le maître des principes de vie et de la connaissance universelle. Dans l'espace sans limites et le temps infini, je demeurerai.

Moi, Ramses-aimé-d'Amon, la lumière des rois, le bon berger du peuple, le père et la mère de tous les humains, le bouclier de millions d'hommes qui protège des multitudes.

★

Ramses le Grand quitta la terre des vivants sept ans plus tard, en la soixante-septième année de son règne, à l'âge de quatre-vingt-douze ans.

ANNEXES

NOTES

1. Le cœur, pour l'Egyptien, est l'organe de la pensée et de l'affectivité — le centre de l'être physique et de l'intellect.

2. Vers 1314 av. J.-C.

3. Thoutmosis I et Thoutmosis III.

4. A la fin du mois de juin.

5. Partie de l'actuel Soudan sous domination égyptienne, jusqu'en amont de la 4e cataracte du Nil.

6. Amenophis II.

7. Sans doute un passage de la comète de Halley.

8. Population originaire de Sardes, en Asie Mineure.

9. Peuple résidant en Asie Mineure, venu peut-être de Crète.

10. Amenophis III.

11. Pays situé sur les plateaux de l'actuelle Anatolie. La capitale, Hattousa, correspond au site actuel de Bogaz-Khöy, en Turquie.

12. Situé au nord de la ville phénicienne d'Ougarit ; pays dont l'importance venait de ce qu'il était un important carrefour de pistes caravanières, menant notamment vers Alep et Karkhemish.

13. Désignation des pays étrangers sous hégémonie égyptienne.

14. Expression imagée qui veut rendre compte de la paix et de la sérénité du cœur.

15. L'or, matériau de la chair des dieux — et notamment du soleil — représente Pharaon fils de Rê. Le cuivre, de radiance moins intense, matériau des étoiles, symbolise le vizir, grand personnage après Pharaon.

16. Expédition au Gebel Silsileh.

17. Expression désignant le soulagement que l'on éprouve à confier ses peines.

18. Sesostris III.

19. Dieu solaire de la ville d'Heliopolis, sise à la pointe du delta du fleuve.

20. Les Cyclades. Il s'agit là d'une « conquête » de pure forme ; mais les rapports commerciaux de l'Egypte avec ces îles sont très anciens.

21. Arrière-pays syro-libanais.

22. Le Liban.

23. L'actuel Soudan.

24. Peuples indo-européens qui, à partir de 2000 av. J.-C., vinrent notamment du Caucase, recouvrant pour une part le vieux monde sémitique et transformant alors la carte du Proche-Orient.

25. Etat voisin du Mitanni, jouxtant l'Euphrate sur la rive droite.

26. Vaste région, située à l'est du Soudan, vers la mer Rouge, incluant la Somalie et s'étendant au nord et à l'ouest de l'actuelle Ethiopie. Sur son sol poussaient les arbres à encens, dont la fragrance est souvent comparée à celle des dieux, produit nécessaire pour les besoins du culte. Dès la plus haute époque, les Egyptiens organisèrent des expéditions commerciales vers Pount, d'où ils rapportaient ces arbres précieux et de nombreux parfums.

27. A la fin du mois de juin de l'année 1279 av. J.-C.

28. A la fin du mois d'août.

29. Au début du mois d'avril.

30. Pas de logique matérielle dans ces images qui se veulent seulement évocatrices d'une idée sensible.

31. La Vérité et la Justice sacralisées.

32. Il s'agit vraisemblablement d'une statue de la déesse.

33. Dans la première quinzaine du mois d'octobre.

34. Vers le 20 octobre.

35. A la fin du mois de novembre.

36. Celui qui se trouvait à droite de l'entrée, à l'Ouest, est maintenant sur la place de la Concorde, à Paris.

37. Thoutmosis I, le premier monarque à être enterré dans la Vallée des rois.

38. Temple funéraire, où était assuré le service cultuel destiné à entretenir, conjointement désormais, la vie du roi défunt et celle des divinités.

39. Le Ramesseum.

40. Région située à une soixantaine de kilomètres à l'est de l'actuelle ville de Redisiyeh, à la latitude nord d'Edfou.

41. Dans la seconde quinzaine de novembre.

42. Apanage des dieux du ciel, en allusion au faucon céleste.

43. Haut fonctionnaire du gouvernement central, chargé de gérer, au nom de Pharaon, les provinces africaines.

44. Le Nil sacralisé.

45. « La maison de Ramses. »

46. Un bloc de puissance divine rayonnante.

47. Vers la fin du mois de mai.

48. Dieu faucon, adoré dans la région thébaine, à vocation guerrière.

49. Dieu chacal, « l'ouvreur des chemins », dont traditionnellement l'image s'avance en tête des défilés militaires.

50. Il y avait deux hommes : un aurige et un combattant, sur les chars égyptiens.

51. Dieu guerrier asiatique, assimilé à Seth.

52. La terre colorée par le sang des victimes, leurs vêtements blancs, et les reflets des cottes d'armes.

53. L'uroeus — Considéré comme la fille de Rê, le serpent fixé au front des dieux et des rois était de nature ignée.

54. Eau mythique qui entoure l'univers, reste de l'océan primordial qui recouvrait le monde avant la création.

55. Ile de la côte occidentale de la Grèce.

56. Expression égyptienne, voulant souligner la facilité d'une vie sans heurts.

57. Populations du Pont ; peuples rudes, existant encore à l'état tribal, vivant de l'élevage du porc, du tissage du lin, et de pillages souvent perpétrés à l'encontre de l'Etat hittite.

58. Le premier nom signifie : « Amon est sur son bras droit » — le second : « Amon est sur sa hache de guerre ».

59. Cette ruse évoque celle employée par Ulysse pour faire pénétrer, dans la ville de Troie assiégée, des soldats achéens cachés dans un cheval de bois. Plus proche de nous ce stratagème rappelle un passage de l'histoire d'Ali Baba, mais l'auteur de ce conte des Mille et une nuits était d'origine égyptienne et a pu être influencé par le récit égyptien.

60. Le vagabond ou le contestataire — le personnage asocial.

61. Mois de mars.

62. Expressions égyptiennes qui veulent décrire, par la douceur des mots et des sensations agréables ressentis, les plaisirs de la paix.

63. Au début du mois de décembre.

64. Langue akkadienne, écrite en caractères cunéiformes.

65. Pays situé entre l'anti-Taurus et la Méditerranée — allié du Hatti.

66. Elles furent retrouvées lors des fouilles menées en 1906 sur le site de Bogaz-Khöy.

67. Le 9e pylône.

68. Nom signifiant : « la fille d'Anat ».

69. Dieu céleste à forme humaine, souvent associé au faucon Horus.

70. Bak était un bourg méridional important ; Bouhen, située plus au Nord, au niveau de la 2e cataracte, était devenue la capitale administrative où résidait le vice-roi d'Egypte ; Miam, établie plus en aval, est le nom ancien de la ville d'Aniba qui fut un temps capitale de la Nubie.

71. Forme de Ptah créateur, émergeant des flots de l'océan primordial pour accomplir l'univers.

72. Mesurant 20 m de hauteur chacune.

73. Chacun mesurant 2 m 30 de hauteur.

74. Sur une hauteur de 33 m et une largeur de 38 m.

75. Jusqu'à 63 m de profondeur.

76. Le sanctuaire mesurait 4 m de large sur 7 m de profondeur.

77. A Karnak, sur le mur sud de la cour extérieure ; à Aksha, sur l'aile méridionale du pylône.

78. Chacune mesurait 10 m de hauteur.

79. Dans la seconde quinzaine de février

80. Nom signifiant : « Puisse Ramses être riche en jubilés ! »

81. Cette stèle est actuellement conservée au musée de Naples.

82. Dernier roi de la Ve dynastie.

83. Djoser régna durant la IIIe dynastie (vers 2778 av. J.-C.) — les autres souverains appartiennent à la Ve dynastie.

84. Sur le site actuel de Bogaz-Khöy, en Turquie. Les fouilles entreprises en ce lieu, à partir de 1906, ont permis de retrouver une importante correspondance diplomatique.

85. Au début du printemps.

86. Ce nom signifie « Celle qui voit Horus et la beauté de Rê » — allusion à la royale intimité.

87. Amarah et Aksha : cour extérieure du temple. Abou Simbel : façade méridionale du grand temple. Karnak : aile orientale du 9e pylône.

88. Déesse incarnant la Vérité et la Justice — responsable de l'ordre du monde.

89. Qui succédera à son père Hattousili sous le nom de Toudhalija, le quatrième de ce nom parmi les souverains hittites.

90. Pays situé entre la Lycie et le Taurus.

91. Les Gasga vivaient dans la région du Pont, au nord du Hatti. L'Arzawa correspond à la Cilicie.

92. Deux d'entre elles ont été retrouvées : l'une dans le grand temple de Koptos, l'autre en Abydos, dans le temple dédié à Sethi I.

93. La Vallée des reines — Biban el Harim, pour les Egyptiens.

94. Nom donné, depuis les souverains thoutmosides, aux temples funéraires royaux, où le culte des dieux et celui du roi défunt étaient célébrés ensemble — alors qu'auparavant ils étaient distincts. Il s'agit ici du monument appelé Ramesseum.

95. Dieu ithyphallique de la procréation.

96. Thoutmosis IV.

97. Le Soudan.

98. Localité située au nord de l'actuelle Transjordanie.

99. Image égyptienne.

100. Vêtement étroitement collant, enserrant le corps jusqu'aux genoux, à encolure échancrée en V sur le devant et d'où sortent seulement les mains.

101. Parfois, les cérémonies avaient lieu dans la tombe elle-même.

102. Les pays des bords de l'Euphrate.

103. Voir Livre de l'Exode, II, 11-14 ; V, 1-5, 15-18 ; XVI, 2-3.

104. Peuples indo-européens, originaires sans doute du Caucase.

SIGNIFICATION DES NOMS PROPRES UTILISÉS

NOMS DE DIVINITÉS

Amon : « le caché » — (Puissance divine encore cachée dans l'océan primordial, à la veille de la création).

Hathor : « le château d'Horus » — (La déesse des étendues célestes est la demeure de l'Horus solaire).

Horakhty : « l'Horus des deux horizons ».

Isis : « le siège » (?)

Khnoum : « celui qui a la forme du bélier ».

Mout : « la mère ».

Nekhbet : « celle de la ville de Nekheb » — (l'actuelle El Kab, en Haute Egypte).

Ouadjit : « celle de la ville de Bouto » — (en Basse Egypte).

Oup-Ouaout : « celui qui ouvre les chemins ».

Ptah : « celui qui façonne » — (Ptah est le dieu créateur, l'artisan supérieur).

Rê : « le soleil ; le jour ».

Thoth (*Djehouti*, en égyptien) : « celui qui a la forme de l'ibis ».

NOMS ROYAUX

Âakheperkarê Thoutmosis = Thoutmosis I (1530-1520 av. J.-C.) — Âakheperkarê : « grand est le devenir du ka de Rê » ; Thoutmosis : « Thoth l'a mis au monde ».

Âakheperourê Amenhotep = Amenophis II (1450-1425) — Âakheperourê : « grands sont les devenirs de Rê » ; Amenhotep : « Puisse Amon être satisfait ! »

Amonherounemef : « Amon est sur son bras droit » (s.e. : pour le guider et lui donner puissance et vigueur).

Amonherkhepeshef : « Amon est sur sa hache de guerre. »

Bentanat : « La servante de la déesse Anat (Astarté) ».

Djoser : « Le magnifique » — (vers 2770).

Horemheb : « Horus est en fête » — (Sans doute le futur roi était-il né le jour d'une fête célébrée en l'honneur du dieu Horus) — son « prénom » était Djoserkheperourê : « Magnifiques sont les devenirs de Rê » — (1316-1314).

Isetnefret : « la belle Isis ».

Khaemouaset : « Celui qui apparaît en gloire dans la ville de Thèbes ».

Khakaourê Sesostris = Sesostris III (1887-1850) — Khakaourê : « les kas de Rê apparaissent en gloire » ; Sesostris : « l'homme de la déesse Ouseret » (divinité thébaine).

Mathorneferourê : « celle qui voit Horus et la beauté de Rê ».

Menkheperourê Thoutmosis = Thoutmosis IV (1425-1408) — Menkheperourê : « Que soient durables les devenirs de Rê ! » ; Thoutmosis : « Thoth l'a mis au monde. »

Menkheperrê Thoutmosis = Thoutmosis III (1504-1450) — Menkheperrê : « Que soit durable le devenir de Rê ! »

Menmaâtrê Sethi = Sethi I (1312-1298) — Menmaâtrê : « Puissent être durables la Vérité et la Justice de Rê ! » — Sethi : « celui du dieu Seth ».

Merenptah : « l'aimé de Ptah ».

Merikarê . « l'aimé du ka de Rê ».

Merytamon : « l'aimée d'Amon ».

Nebmaâtrê Amenhotep = Amenophis III (1408-1372) — Nebmaâtrê : « Rê est le seigneur de la Vérité et de la Justice » ; Amenhotep : « Puisse Amon être satisfait ! »

Nebpehtirê Ahmosis (1580-1558) — Nebpehtirê : « Rê est le seigneur de la puissance » ; Ahmosis : « la lune l'a mis au monde ».

Nefertari : « sa belle ».

Neouserrê : « La puissance appartient à Rê » — (vers 2400).

Ouserkaf : Puisse son ka être puissant ! » — (vers 2560).

Ousermaâtrê Setepenrê Ramses = Ramses II (1301-1234) — Ousermaâtrê : « Puissantes sont la vérité et la justice de Rê » ; Setepenrê : « Celui que Rê a choisi » ; Ramses : « Rê l'a mis au monde. »

Rêherounemef : « Rê est sur son bras droit. »

Sahourê : « Puisse Rê me protéger ! » — (vers 2550).

Seankhibtaoui Montouhotep = Montouhotep I (2065-2015) — Seankhhibtaoui : « Celui qui fait revivre le cœur du Double Pays » ; Montouhotep : « Puisse Montou être satisfait ! ».

Sehetepibrê Amenemhat = Amenemhat I (2000-1970) — Sehetepibrê : « Celui qui met en paix le cœur de Rê » ; Amenemhat : « Amon est le premier. »

Sethherkhepeshef : « Seth est sur sa hache de guerre. »

Sethi : voir Menmaâtrê Sethi.

Shepseskaf : « Puisse son ka être illustre ! » — (vers 2510).

Toutankhamon : « image vivante d'Amon » — Son prénom était : Nebkheperourê : « Rê est le seigneur des devenirs » — (1354-1345).

NOMS DE PARTICULIERS

Ameneminet : « Amon dans la Vallée » — (allusion à la Fête de la Vallée, sur la rive gauche thébaine).

Amenemopet : « Amon dans Louxor. »

Amenhotep : « Puisse Amon être satisfait ! »

Bakenkhonsou : « Le serviteur de Khonsou » — (dieu-fils de la triade thébaine).

Djadjaemankh : « Sa tête est en vie ! » — (exclamation sans doute prononcée par la sage-femme au moment de l'accouchement du nouveau-né).

Djedi : « Il appartient à la durée. »

Hekanakht : « Le régent puissant. »

Iouny : « L'héliopolitain ».

Merytrê : « L'aimée de Rê ».

Nebneterou : « Le seigneur des dieux » — (allusion à Amon).

Nebounenef : « Puisse mon maître demeurer ! »

Neferrenpet : « Puisse l'année être bonne » — (nom donné à l'enfant né le premier jour de l'an nouveau).

Nyankhsekhmet : « La vie appartient à Sekhmet » — (déesse, patronne de la médecine).

Pahemneter : « Le serviteur de Dieu ».

Paser : « Le noble ».

Ptahhotep : « Puisse Ptah être satisfait ! »

Ptahmose : « Ptah l'a mis au monde. »

Ramose : « Rê l'a mis au monde. »

Ramses-asha-heb-sed : « Puisse Ramses être riche en jubilés ! »

Rêhotep : « Puisse Rê être satisfait ! »

Sinouhe : « Le fils du sycomore » — (allusion à la déesse Hathor, dont le sycomore était l'arbre sacré à Memphis).

CARTES

ASIE MINEURE ET MÉSOPOTAMIE AU TEMPS DE RAMSES II

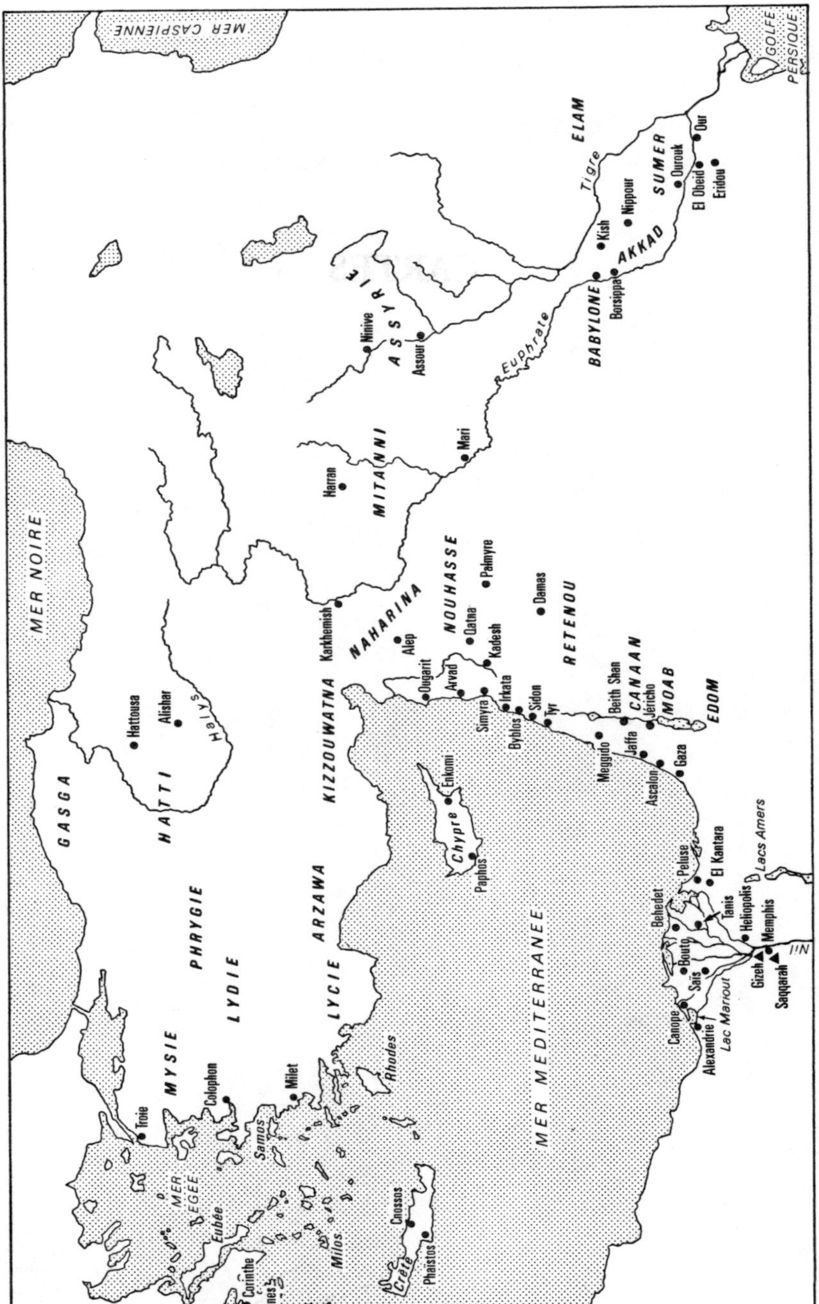

LA VALLÉE DU NIL

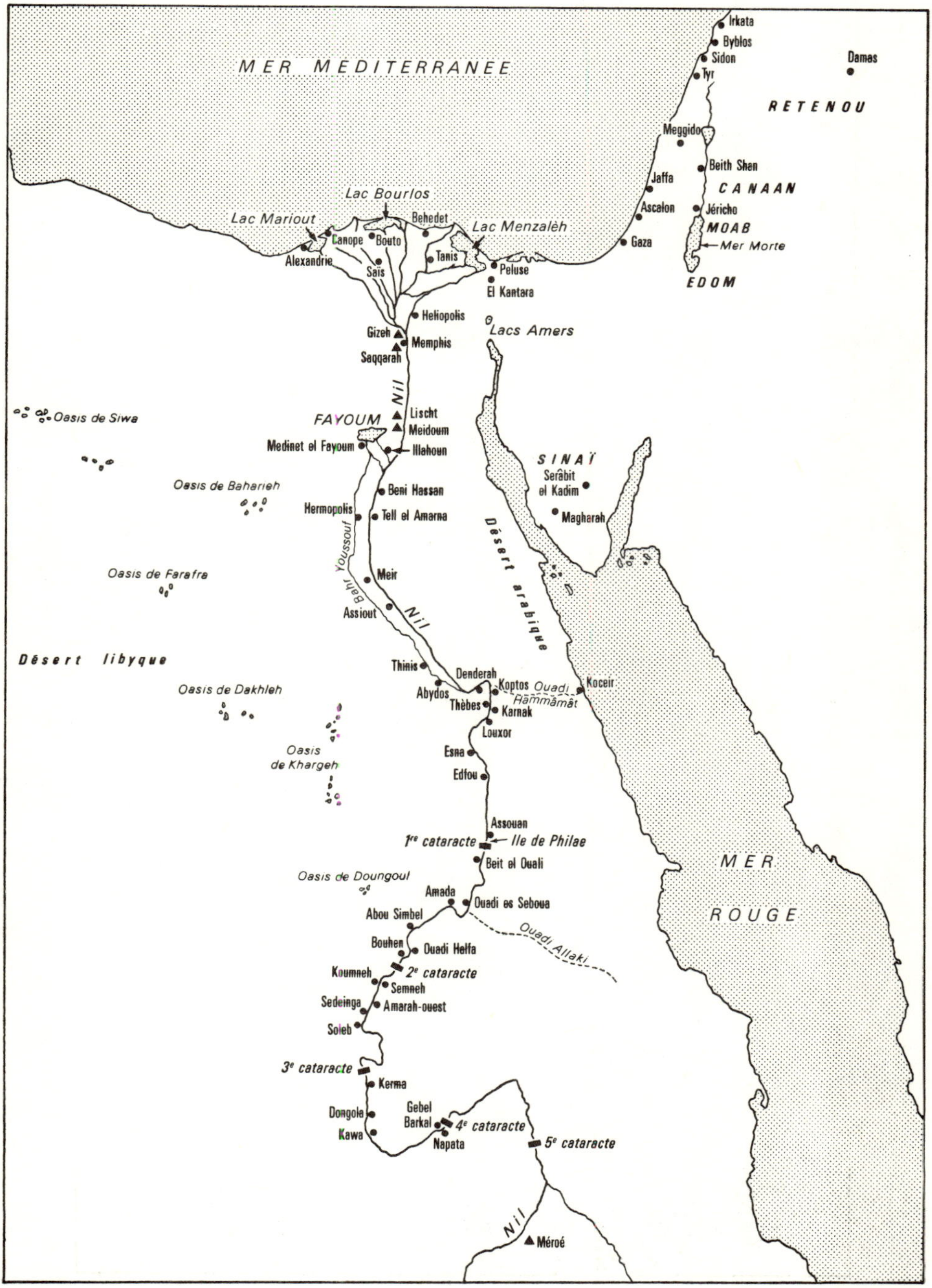

TABLE

III. LE LENT CHEMIN VERS LA VIEILLESSE

ANNEXES

Cet ouvrage a été composé
par l'Imprimerie BUSSIÈRE
et imprimé sur presse CAMERON
dans les ateliers de la S.E.P.C.
à Saint-Amand-Montrond (Cher)
en avril 1993

N° d'édition : 175. N° d'impression : 723-691.
Dépôt légal : avril 1993
Imprimé en France